在草原

童年是永不消失的塔

马珍 著

北方联合出版传媒（集团）股份有限公司
春风文艺出版社
·沈阳·

图书在版编目（CIP）数据

在草原 / 马珍著. —沈阳：春风文艺出版社，2022.7（2023.8重印）
ISBN 978-7-5313-6213-5

Ⅰ. ①在… Ⅱ. ①马… Ⅲ. ①小说集—中国—当代 Ⅳ. ①I247

中国版本图书馆CIP数据核字（2022）第043375号

北方联合出版传媒（集团）股份有限公司
春风文艺出版社出版发行
沈阳市和平区十一纬路25号　邮编：110003
永清县晔盛亚胶印有限公司印刷

责任编辑：姚宏越　　助理编辑：平青立
责任校对：于文慧　　封面设计：黄　宇
印制统筹：刘　成　　幅面尺寸：130mm × 185mm
字　　数：84千字　　印　　张：5
版　　次：2022年7月第1版　　印　　次：2023年8月第2次
书　　号：ISBN 978-7-5313-6213-5
定　　价：32.00元

目录

孚 丑

现如今，在秋日里站在蠡州西南角的万望山上，你也看不到什么好景致。围绕在你四周的荒凉草木会不禁让你想象到在千百年前战争的席卷下百姓的悲凉叹息；向远望去，没有田地，也没有像样的屋舍，河流早已干涸，覆盖着层层黄土的寺庙下是被火焚烧过的黑色的瓦砾。如果在这冷山上待久一点，太阳下山之前，也许能看见几个行人走在山下的道路上，这时你会毫不怀疑地认为那些是到处乱逛的野鬼，而不会认为他们是人。

你不禁会像我一样发出感叹："岁月竟如此无情地沉淀，留在这片土地上的也只有难以远行到他地的古代亡魂了吧。”

“啊——事不皆济你愿哪，连鬼魂也没法在这里安度。此为世间少有之贫瘠土地，赶快离开为妙哇！”和尚说完转身快步离开，僧靴踩在沙地上发出风一样的声音。我跟在他的后面，不知道他究竟要去哪里，也许会是前往山下那处黄土覆盖下的寺庙。

约莫二十分钟后，我们抵达庙门前，和尚却一下子就没了踪影。我四处找他，以为他跌倒在了某处，想要“前辈，前辈”地呼喊他。可开口却喊道：“臭和尚，你躲到哪里去了?”

我不知如何是好，加上路程颠簸又到处找和尚，疲倦不已，便拿出水壶低头沉思，在碎石地上，我发现一些闪闪发光的青苔，再去看时，原来是一些黑色的泥巴。也许是我的无礼激怒了那个老和尚，我没有在当天晚上找到他，再看到他时，我已经在这座寺庙里徘徊了许久，而他也已经回到了孩子时的稚嫩模样。

孚　丑

眼前的这个男婴就是孚丑。

“孚丑”这个名字，是由他的父亲所起，早在孚丑出生之前，他的父亲二蛇是替某商贾之家护院的人。

二蛇的样貌在奴仆中算得上极为端正的，他的头发总是一丝不苟地梳在脑后，眼下到颈部总被晒得黑红，却丝毫遮不住他的美貌，皮肤也光滑得不像一个男仆该有的样子。

因为这样，二蛇很受家里一位少爷的喜爱，少爷在自己父亲面前对他大夸特夸，提出要提拔他为管理其他仆人的上人时，二蛇就对老爷说自己是个做事鲁莽之人，脑袋愚钝，恐怕只能干护院的活。家里的其他仆人见他这样，就会暗地里说他木讷，可实际上二蛇对这份喜爱另有打算。

有一天，老爷带着一家人外出，这位少爷因为前一阵子生的病还没有痊愈，于是和几个仆人留在了家里。二蛇依旧留在家中护院，吃过午餐后，他让别人替了他的班，跑到少爷屋前敲门，几个放空的用人远远看到少爷开门后，二蛇说了几句话，少爷脸上的表情就有了些许变化，一把将他拉进了屋子。

一刻钟后，蹲守在门外的仆人们终于等到二蛇从少爷的房里出来，二蛇满脸平静，他上前告诉他们少爷今天不许有人再打扰他后，便说要上街替少爷买东西。

那天直到傍晚，家里人都围坐在一起吃晚饭时才发现少爷不在。仆人去他屋里看时，这位少爷告诉进来的仆人他把钱柜里的钱都给了二蛇。

二蛇揣着少爷给的一大笔钱，没有多在村子里逗留，雇了一辆车子沿着出村的路跑了三天三夜，来到蠡州。在二蛇所生活的这一带，四方皆是一片贫瘠，百姓因战乱而颠沛流离，蠡州算是少有的繁华之地。生活在这里的，也大都是达官显贵，他们需要大量的奴仆，二蛇看准了这个商机，立马做起了奴隶买卖。

在世人的眼里，这算不上什么正经的行当，可二蛇对此并不在意。他认为，只要是赚钱的事情，都干净不到哪去，没一个不下流。他做生意有讲究，会说话，做得相当红火，一年后便在蠡州的北边买下了一幢不小的二层木瓦楼。

二蛇只和一个女子成过婚，若说到这名女子，可真是令人捉摸不透。传闻这名女子为一位武艺高超的义贼所生，义贼夫人早亡，只有她一个孩子，不甘心就这样让她出嫁，于是将自己毕生所学到的剑术毫无保留地传教给了她。他用心栽培她，希望她也能拥有像自己一样的刚正之气，有朝一日或许还能悟出剑道中的“真理”。可也许就是因为这份过多的寄望，女儿不知不觉间对他产生了极大的怨念。

某日清晨，义贼发现女儿不知去向，找来找去发现一封书信，说自己是实在不愿意练剑，要换一种活法，离家出走了。义贼断定有人蛊惑女儿，找遍了全城也不见踪影，气急败坏，最终在郊外的断肠崖上找到女儿，以为女儿要自寻短见，跑上去拉扯，不经意间跌落山崖。义贼后来怎么样了，谁也不知道，而义贼的女儿也从此性情大变，跟换了个人似的。

人们再也没有见义贼从家里出来，取而代之的，是一群上到才貌双全的公子，下到人人鄙夷的流氓每天在家中进进出出。家中常常大设酒宴，义贼的女儿用罕见珍贵的菜肴招待她请来的客人，酒过三巡，便从席间随便牵起一位带进自己的寝室。夜里她将腰间携带的剑抽出，插进门闩，再说上几句诅咒的话，就摇摇晃晃地回屋倒头大睡。

父亲在世时的财产很快付之阙如，她不得不用宅子做抵押从寺庙中换取了一些钱，可这些钱不出几日也被她花得一点不剩。于是，她集结一伙豺狼之徒，劫富亦劫穷，依旧将抢来的财宝换作银子买酒买肉，寻欢作乐，终究入不敷出，欠下巨债。

花天酒地的生活让她忘记自己到底要怎么活着，她摆脱了终身习武的命运，可不知道从何而起的无助感让她整日以泪洗面，她深知自己罪孽深重，世间万物都可随意将她贩卖，而她，并不能有半句怨言。于是，她准备在债主前来追债之前，将自己了断。

她并不想伪装成善者送自己上路，于是脱去一身印有青松山水的华服，以泥水灌入粗制的衬衣里，松散开依旧闪闪发光的头发，将庭院的门向外敞开，不带一物独自向幽暗寂静的无人之地行走。

夜幕降临，她已走过繁华的街道，四周空寂，唯有杂草仍存在在这里。冬日的寒风本无意伤人，可她薄薄一层衣物的泥土早已结成了冰，和肉体隔出了一段空隙，寸步难行。她疲乏至极，却渐渐可以理解泥土的心情，她这种人，恐怕连泥土也不愿多接近一下。

她感到身体越发冰冷，再也没有力气继续向前走的时候，她停在一棵树下，静静地蜷缩起来，想就这样活活被冻死。她瞥了一眼树，心中还是起了恶念，抱着树干猛地磕破了自己的头颅。

此时，天空降下鹅毛大雪，正在赶路的二蛇看到树下有个女人，命车夫停车，将身体冻僵的她抱起，定睛一看，污垢之下是一张清丽的面孔，莫名有种亲切感，一阵头皮发麻，似乎前世早已相识。遂将其扶上马车，女人喃喃道："你这个妄人，休要管我！小心我杀了你！"二蛇长这么大，还没有被一个女子称为妄人，还扬言要杀自己，好奇之余有一丝痛快，按下不表，只正色道："你这婆娘，我这个妄人管定你了！"这女人一路挣扎扭捏，二蛇自然三下五除二将其制服。

这二蛇本来就长得俊俏，如今身家也已属中上，自然说媒者甚众，但二蛇天性喜欢刚烈霸气的女子，多数女子过于柔弱，少数霸气女子却又举止粗鲁不堪入目。平日里，二蛇烟花柳巷也没少去，可谓阅女无数了，但真正能抓住他内心的却一直未曾遇到，如今踏破铁鞋无觅处，却在这荒郊野地捡到一个，他心中窃喜，在茫茫雪色中望向前路，不觉仿佛到达了从未见过的仙境。在这个大雪纷飞的夜晚，二蛇用载着奴隶的车将她带回自己的住所，发誓从此即使天塌地陷也要和眼前的女子结为夫妻，合二为一。

次年春天，在二蛇的悉心照顾下，她的身体逐渐恢复了元气，不久便怀上了一个孩子。二蛇得知她怀孕后，苦苦哀求要娶她为妻，在二蛇的再三恳求下，她最终还是点了点头。一个明媚的午后，二人结为夫妻，对天起誓从此福祸同享、生死同命，他们的婚礼没有几个宾客，仓促却浪漫。从那天起，二蛇将所有生意都拒于门外，一定要等到孩子平安出生再出门行商。

义贼的女儿身体孱弱，二蛇便每日亲手煮饭炖汤，端到妻子的面前让她吃。他坚信妻子怀的是个女儿，于是拜托别人帮他缝制女婴的衣服，就是不让妻子自己动手。而义贼的女儿自打遇上二蛇也居然开始对很多事都感起兴趣来，时常语出感恩之意，二蛇却像很明白似的说："你才不想要我救你哩，是我自己想要救你罢了，是我自己擅作主张。"

二蛇怪妻子总是唉声不断，不准她再提生生死死的事情，他向她保证他们的孩子一定会顺利出生，并且出生后也不会让她受一丁点的委屈。这个誓言不知是弄巧成拙还是命中注定，他们的孩子确实顺利出生了，并且自从出生后，也没有受到过一丁点的委屈。

花开花落，孩子已到了出生的时刻，那夜恰巧又赶上一场大雪，时隔一年，义贼的女儿在孕育了这个上天安排给她的女孩后，便一命呜呼，全身的血液流得干干净净，皮肤惨白，面容可怕，当夜便埋进了丈夫为她准备的坟墓中。

此时罪人恐怕也是爱上了二蛇，在弥留之际把他唤到自己身边，将自己弑亲骄淫、杀人明抢的种种罪行向丈夫讲明，并将自身还保留的一丝良知转化成对丈夫的祈祷，望他此生保重，不要为她这种人而哀痛不已。

妻子骤然离世，让二蛇感到生不如死。她从前过着极为不义的生活，可这又能怎么样，自己不也是应遭万人唾骂的奴商吗？况且世间的罪恶令人捉摸不透，自称恶人是傻瓜才干的事情。

此时的二蛇站在妻子的墓前，他在妻子生前亲切地唤她为“蛛儿”，因为她喜欢看房梁上的蜘蛛结网等待蚊虫，然后用手指将网捅破，有时粗暴有时温柔，却不允许二蛇碰蜘蛛网，二蛇感到不惑却问不出其中的原因，就这样一直叫她蛛儿，提醒她要为他解释。可现在，蛛儿已死，二蛇的疑惑已经无人能答。他在墓碑上刻上“蛛儿”这个名字，也只是出于无奈，因为直到要埋葬她时，他才回过神来，原来自己从来也没有问过妻子的姓名，就连自己到底叫什么名字他都想不起来，他只知道自己叫二蛇，他的记忆仿佛就是从“二蛇”这个名字开始的，对于妻子的记忆，并不算短暂，也是从“蛛儿”这个名字开始的，就在墓碑上刻上“蛛儿”又有何不可呢？

他将刚出生的女婴带到乳娘的家门前，本想一眼也不看就塞进乳娘的怀里，可不知是为什么，他的手还是掀开了女婴脸上的布。她还没有睁开眼睛，肿得不成样子，晚风吹来，便张开嘴哇哇大哭。二蛇知道就是她夺走了自己妻子的生命，他感到止不住的厌恶，但不得不说的是，这个女婴让二蛇感受到一种从未见过的神圣：他见过一些刚出生的婴儿，远比她暗淡得多。看着婴儿皮肤发出的奇异光辉，他悲从中来，一把将其推进了乳娘的怀里。

回到家后，他紧闭家中的门窗，度过了煎熬的一晚。第二天初升的太阳照进门窗，他去往妻子从前的住所，宅子阴暗高大，门上挂着一把大大的锁。他从这里出发，沿路去找那个他们初次相见的地方，行至一半的路程，他突然想起什么似的突然扭头折回，一路奔跑，在傍晚到了家里。

他感到心神不安，于是传话给乳娘，让她把孩子抱来家中喂养，一个多时辰过去，迟迟没有收到回话，也没有看到乳娘的身影。他一刻也不能等了，披上斗篷快马加鞭向乳娘家奔去。

此时正是子时，路上已无一个行人，他远远地望见乳娘的家门虚掩着，跳下马车冲了进去，屋子里乱七八糟，炉火熄灭已有一段时间，一个女子背着大大小小的几个包袱正准备离开，见到二蛇，四肢一软瘫倒在了地上。

二蛇四处翻找，也没有看到孩子的身影，他一把提起女子，质问她自己的孩子在哪里。女子眼看面前的男人正怒火中烧，便大声求饶道："大人，我只是受人雇用才来到这里，我并不知道您的孩子在哪里呀，请您相信我，我只是受人雇用来到这里……"

"我的孩子呢?"二蛇不顾女子哭喊，将她提到自己眼前。

“大人，请您饶了我吧，我与此事无关……”

二蛇听女子这么说，缓缓地把她放下，关上屋子的门，提起铁炉上的火剪，又走到紧紧靠在门上的女子面前。不等她再次开口求饶，便一下一下地刺穿了她的身体，女子惨叫几声倒在地上，背后的门上留下几个窟窿，一股股地吹进寒风。

二蛇渐渐清醒过来，他一把扔掉手中沾满鲜血的火剪，感到懊悔不已。无论乳娘是出于什么原因劫走了自己的孩子，她也应该还没有逃得太远，如果留下活口细细盘问，眼前的女人多半会告知实情。可他这一路上只想着对妻子的誓言，以至于一想到有人要伤害他们的孩子，他就恨不得将其千刀万剐。他带着怒气来到这里，看到满屋的狼藉更感到十分无助，才会鲁莽地杀死眼前这个女人。他明白自己割断了最后一丝希望，顿时感到一阵胃逆，晕了过去。

他梦到自己行走在回家的路上，四处寻找自己的孩子，突然他听见背后一声婴儿的啼哭，便转过头去向前奔跑。地面开始塌陷，眼前出现了一个巨大的洞，洞中隐现妻子的愁容，向他哭诉正在遭遇的苦难。他想伸手去触摸她，不料孩子就在自己怀中，顺着胳膊掉进了眼前的洞。黑不见底的洞顿时燃起火焰，伴随着妻儿的嘶叫，二蛇跌倒在地上，气喘吁吁。

从梦中惊醒过来时，二蛇正躺在自己家的床上，听到楼下传来忙乱的脚步声，他慌忙起身下楼。几个奴仆在餐桌前围成一团，正悄声讨论着什么，见他走下来，一个个都露出惊恐的表情。二蛇走到他们身边，看到一名坐在椅子上的女奴正抱着一个男婴喂奶。

半个时辰前，有人将这个男婴送到了二蛇府上，女佣接过男婴时，他已经断气，送孩子的人更是不等女佣开口说话，就扬长而去。可世事总是如此难料，男婴被送来不过半个时辰，在两个女佣的照顾下，竟然开始有了微弱的呼吸。她们在孩子的襁褓里还发现了一封信，主人醒来之前，谁都不敢打开看。

二蛇打开那封信，两行泪水从眼里流出，他走到妻子墓前，跪了很久。

三个月后，二蛇给男婴取名为孚丑。孚丑多病，二蛇并不亲近他。

象　贤

那年冬天，蠡州顺利产下的婴儿极少，不知是不是因为这一年的气候从初春开始就显得有些反常。起初是暴雨不断，紧接着又赶上了一次地震，地震平息后人心惶惶，不敢轻易怀子。除了孚丑外，还有几名男婴出生，而女婴，就只有二蛇的妻子所产下的一个。

产下孚丑的是县丞的夫人胡雍，孩子出生不到一个时辰，县丞大人慌慌忙忙地冲进家门，不等卸下头冠，便向伺候生产的女佣打听是男婴还是女婴。女佣还惊魂未定，又被县丞的目光紧紧逼着，便一下子将手中盛满热水的水盆倒进了县丞的怀里，县丞已然没有力气一脚把她踢开，他咒骂了一句，进了产房。

她高傲的夫人现在又在干些什么呢？她正用尽全力把自己的头塞进悬在房梁的一抹白布中。两名全身是血的产婆撕扯着她裙子的下摆，她们踢翻了矮桌，随着夫人的动作左右摇摆，眼睛直勾勾地盯着夫人的脖子。不巧刚刚被一名产婆踢翻的蜡烛点燃了地上擦血的抹布，燃烧起来的抹布又点燃了另一名产婆的衣摆。她们二人尖叫着在屋子里跳舞，扯掉了胡雍夫人的一半裙子，又摇摇晃晃地冲出了房门。

县丞立马命令下人将夫人放下来，并紧闭大门不准任何人出入，然后和夫人紧紧搂在一起，二人抱头痛哭，哭声大到可以惊醒庭院草丛里泥土深处的蚯蚓。

事情是这样的：这位县丞大人的身份不比一般的官员，其祖父为开平年间常中王亲自推荐的侍从史官，父亲也不负祖父的期望，在几年时间里就晋升为殿前都指挥使，叔父们也跟着鸡犬升天，在京城各司府衙门担任要职。

县丞的父亲人丁不旺，一生只养育了一个子嗣，可惜此人就像投错胎一样，不愿考官也不愿参军，打小就不招家人喜欢。束发后，也净结交一些泼皮无赖，整日里厮混在赌场和酒肆，他虽然也觉得丢人，但美其名曰只想过闲适的日子，无意在官场与人钩心斗角，只想当好自己的小县丞。

两年前父亲染上了肺痨，只好辞官在家休养。眼看父亲快要不行了，他便跪倒在父亲的榻前，郑重地请求父亲让他马上成婚，为家里添喜，实际上他是担心父亲一旦去世，他在三年之内都没法娶妻。父亲已经不想再去跟这个无用的儿子多说上一句废话，挥挥手让他去置办。

母亲挑选了同样出生官宦之家的胡雍做他的妻子，

胡雍面容清秀，一双眼睛微微上翘，笑起来十分迷人，她原先是富贵人家的小姐，生性中带着一份趾高气扬，可她又好行小惠，所以总给人一种捉摸不透的感觉。祖父没有回到家中参加他们的婚宴，他比谁都明白这小子要整什么花招，根本无暇顾及他。

渐渐地，胡雍摸透了这家人的现状，她得知，祖父年事较高，有六个孙儿，再下还有四个曾孙，却没有一个是女孩。祖父几次在后辈面前训话，话里话外都透露着想家里有个女婴出生的想法，并且声称，诞下长女的孙子将分得额外的家产。虽说自古传男不传女，可这位老太爷为啥偏偏要家族添上一位千金，众人不得而知，慑于老太爷的威严，也不好明问。有人猜是为了联姻，也有人猜是因为风水，不过这些都不重要，未来的家产分配才是最重要的事。

于是，胡雍找到几个江湖郎中为自己调养，不久便身怀六甲。根据种种迹象和这些“神医”的描述，大家都断定胡雍怀的是个女孩，一来二去这逐渐变成了不容置疑的事实，就连胡雍本人，也对此深信不疑。县丞即将喜得千金的消息开始在家族内蔓延，妯娌女眷自然开始争先恐后地贴上热脸。

祖父闻讯，便在某日返回家中探视，嘱咐县丞好生照顾孙媳。不料第二日上山祭拜祖先时，最下方的牌位翻下砸在了供桌上，祖父瞬间变了脸，身后的县丞和夫人早就吓得说不出话来。总之，因为这种不祥的征兆，在孩子出生前，祖父便再也没有探问过孩子的情况。偶尔见到胡雍时，他起先仔细端详，看清后便把长长的胡子画一个小圈，绕到别处去。

终于，胡雍产下了一个气息奄奄的男婴，通体僵硬，状若陶瓷，紧接着就发生了上面与丈夫相拥而泣的情景。胡雍确实感到无奈，但还没有到真的上吊自杀的程度，实际上她另有打算。

县丞将用人赶出屋外，二人哭了一会儿，胡雍让丈夫把孩子抱来，指着孩子说：“夫君你看，我们的孩子他是不是就要断气了？”

县丞不明白夫人的意思，看了一眼在襁褓里一声不响的婴儿，虽然吓了一跳，还是安慰道：“夫人，我们的孩子很健康，日后必定会成才！夫人不要消沉，既然上天如此安排，我们也只好接受。”

胡雍转过头去抽噎，继续说道：“大夫和道长们都说我肚子里的一定是个女孩，这么看来，我们的孩子一定是错投去了别的人家，你怀里的那个死婴，一定也想找到他的亲生父母哇。”

县丞听夫人这话，起初一惊，脑袋嗡嗡作响，在房内踱步；转而眼光逐渐发亮，开始对夫人频频点头。县丞再没说一句话，抱着婴儿走出了屋子，并且派人在县城里打听刚出生的女婴，果然找到了一个同日出生的女婴，女婴的父亲因妻子难产过世而意志消沉，将女婴放在乳娘家喂养，这个意志消沉的父亲，就是二蛇。

县丞和夫人商量此事，更加坚定地相信那个女婴就是本该投胎到自家的孩子，夫人表示一刻也耽误不得，于是他们给了乳娘一大笔钱，并给她安排好马车和用人，让她逃到他乡。此刻已时值傍晚，大夫们拿胡雍产下的男婴没有办法，断定婴儿已经活不了一个时辰了。可这位母亲，甚至连看都没看他一眼，就派人把他送到了二蛇家中。

祖父听闻胡雍诞下女婴，等不及写信，连夜往家里赶来，县丞和夫人闻讯赶紧封住家里家外的嘴，一通忙乱自不必说，老太爷在卯时走下车的那一刻，家里已然没有恐慌的气氛，接着亲戚一一到来，人人脸上也都挂满了喜得千金的喜悦。

老太爷拨开遮挡在婴儿脸上的布，久久注视那张浑圆的脸，脸上的喜悦难以掩饰。三个月后，他寄来一封书信，信上只有“象贤”二字，县丞不懂是什么意思，夫人接过信纸，当即用“象贤”二字为孩子取名。

孚丑与象贤

转眼间十一年过去，在妻子去世后，从前那个二蛇渐渐被人们遗忘，取而代之的是一个名叫“二舌”的家伙。二舌以菩萨般的姿态进入贫穷的人家，用一车食物换走他们的儿女，走之前还不忘加上一句：

“鄙人的这些粮食非但能不让你们饿死，还能让您二位的子孙过上好日子，血脉生生不息，这是几辈子才能修来的福气哩！”

可是回到家中后，他立马对买来的奴隶棍棒相加，仅数月后就能以极高的价钱卖给大户人家，在那之后，就根本不管那些孩子的死活。

有少许孩子的父母登门，想知道自己孩子的情况，他就皱着眉头歪着嘴告诉他们，孩子买来不久就夭折了，让他们不要再惦记。这些父母听到后，往往会硬着头皮扒在二舌的家门上，问他们的孩子夭折后被埋在了哪里。二舌每当听到这话，就低下头摆出一副沉重的样子，说道：

“我做了赔钱买卖，没有多少钱来好好安葬你们的孩子，让你们看到那简陋的墓地实在失礼。”

然后他抬起那双狡猾的眼睛，接着说：“时至现在，看来只能由你们二位付一些银子给我，我才能告诉你们墓葬的位置……”

用这种卑劣的手段敲诈这些可怜人身上仅剩的一些钱后，他就指一处早就安排好的坟头给他们，然后关门送客。这座坟头远在蠡州的那一头，坟前没有立墓碑，坟坑里更是什么也没有。

他挥泪与这些父母告别，祝他们一路平安，转头却诅咒他们不如死在半路上好了。对方对这种人无可奈何，只好在吃了亏后劝诫其他人不要卖儿女给他，但那个节骨眼儿上，四方皆是战乱，吃不饱肚子的穷人数不胜数，为了活命，就算明知道二舌只是耍嘴皮子，也睁一只眼闭一只眼用子嗣换粮食。

二舌这个名字，是他的同行所起，人们觉得他倒是配得上这个名字，他这么能说会道，恐怕不是一条舌头能做到的，起码要二舌才够。其中也不难看出同行的嫉妒之心，他们借此嘲弄二舌，可万万没料到的是，原先那些买卖奴隶的商人不少，短短几年后，县里再也没有一个人能卖出奴隶，只好另寻他路，不再做奴隶生意。

其中绝大多数的原因，是二舌的这些奴隶年龄都偏小，且没有一个是相貌不俊俏的，经过二舌收拾和指点，居然能生出几分高贵之气来，这可能与二舌早年当护院人的经历有关，他知道如何伺候少爷老爷们，这些品相好的童仆尤其招有头有脸的人家喜欢。渐渐地，这里形成了一种风气，仿佛家里的童仆长得越像小姐少爷，门前的牌匾就更显神气。

剩下的一部分原因，是二舌的舌头不仅用在买人上，也用在卖人上，这就使得即使二舌向老爷们出再高的价格，也依旧有人愿意买。

二舌总是把自己置于所有人之外，仿佛给自己和自己的房子披上了层层黑纱。而在这些黑纱下，二舌究竟在隐藏些什么，还是他只是为人傲慢无礼、性情乖戾罢了，也许也只有二舌唯一的儿子孚丑有所了解了。

孚丑现如今已经长成了大男孩的样子，他总是身穿一身干净的长衫，长长的辫子甩在脑后，个子在同龄的男孩里算是修长的，但也许是因为身体还是有些不好，四肢显得有些无力，面色也比较白而青。他不去学堂，也很少跟大家一起玩。

孚丑是胡雍所生，自然跟二舌一点也不相像，性格上也相差悬殊，除了读书外，他只爱在院子里看养在笼子里的蛇，这些蛇是他自己从山上抓来的，就摆在离母亲的墓不远的地方。

仆人们从小就告诉他，他是父亲的义子，是从河边捡来的孩子，且捡来时已经断了气，是父亲让他起死回生的。后来家里来了先生，孚丑渐渐明白了什么叫义子，什么叫起死回生，也明白了什么叫救命之恩。

二舌不为孚丑做多少事情，最多的恐怕也就是为他请大夫开药和请先生给他上课。吃饭时，他总问孚丑最近都读了哪些书，除此之外，他很少跟孚丑说一句话。但孚丑很喜欢父亲，长大后，他开始观察父亲的行为，很快，他就发现了父亲的一个秘密。

父亲每天有一大半的时间都不在家，可他坚持每天回家，而且在睡觉之前，总是不忘去母亲的墓前一次。有一次，他蹲在地上静静地看蛇，起身时看到父亲正一动不动地站在母亲的墓前，他惊讶地发现，父亲竟然笑了，可在下一秒，父亲的笑已经消失了。他一动不动望着父亲，突然觉得父亲是那么的可怜。

往后，他从不觉得父亲对他的冷漠有哪里不对，在孚丑的心里，父亲不单不爱他，更是不爱眼前的一切，父亲唯一深爱的就是那个躺在坟墓里的人。用人们半夜被二舌和那些伺候他的童仆大笑的声音吵得不能入眠，孚丑只说自己听到了父亲的哭声。

再说象贤，这个孩子长得可真是奇怪，说她像县丞大人和夫人吧，她毕竟不是他们所生，自然是不像，可她脸上也一点看不到自己亲生父母的样子。如果非说像谁，竟与那南无大行普贤菩萨极为相似，她那双神秘的眼睛总是平静地望向每一个人，嘴角时常微微上扬，露出一抹清泉似的笑容。她身穿一条宝绿色的裳裙，袒露着肩膀，纤细的柳腰在一层薄薄的帔帛下若隐若现。夫人给她的身上戴满了钗钏和珠宝，但作为孩子，她总把它们一股脑儿都摘下来扔在抽屉里、被褥下甚至是水井里。

十岁前，她加起来也有将近有九年的时间都远离父母，和老太爷待在一起。象贤出生后，家里接连有子嗣问世，可和象贤比起来，那些孩子对于老太爷就像是根本不存在一样。在老太爷之外的人眼里，象贤是个在安静坐着时会让人想到蔚蓝的天空中一抹光辉，在调皮捣蛋时会让人分不清她究竟是男孩还是女孩的古怪孩子。可在老太爷的眼里，这个孩子似乎很有分量，他对她与其说是宠爱，不如说是像朋友一样以礼相待。

十岁过后，她搬回父母亲的家里，却和他们并不亲近。自那以后她很少出门，就算要去山上的寺庙时也不让用人跟着。老太爷几个月没来看她，她也对他只字不提。不出几个月，老人家便撒手人寰。葬礼整整持续了二十一天，象贤始终待在灵堂为老太爷守灵，没有一点懈怠，这样的毅力，在一个十岁的孩子身上是很少见的。

葬礼结束当天，年仅十岁的象贤走到父母跟前，称自己受曾祖父之托，要搬到寺庙为其守孝一年。

就这样，象贤和父母兄弟告别，在两个随从婢女的陪同下上了山，一待就是一年多。这一年里，胡雍又产下一个男孩，再加上前面所生的两个，她就借口家里忙得不可开交，很少上山探望象贤。不过这一年，她也确实不比她所说的闲。

老太爷死后，胡雍本性暴露，在遗产分割上大动手脚，使辞官在家的县丞分到了大多数财产。可胡雍还是觉得不够，逼着丈夫私下从商，称不想就这样在家里过清贫日子。县丞知道在孝期从商是大忌，可他更害怕自己的夫人，只好乖乖听话。可怜我们这位县丞大人也根本不是经商的料，胡雍想方设法分到的那些财产，在不到半年的时间里被他赔得一干二净，迫不得已只好在守孝期未满时就宣布要官复原位，饱受亲戚指责。

可毕竟是小小县丞，每月拿到的俸禄还不如收的礼多，很快，管家便向胡雍提出，各式支出必须减半，其中最重要的一项便是人力。县丞府上上下下养着十一名家丁和十四名女佣，其中两名女佣跟随长女在寺院生活。这些奴仆多半是在胡雍嫁来之前就有的，有些上了年纪的已经在家里有了一定的地位，胡雍讨厌那些老妈子骑在她头上说教的样子，可将她们扫地出门是很难的，没有人喜欢换使用习惯了的仆人，县丞也是一样。他们从小伺候人，不常犯错，即使犯了错，也只会严厉惩罚，绝不会赶出家门。

借此机会，胡雍顺理成章地遣散了家里一半的女佣和四名家丁，可没过几天，她才意识到自己犯下了不可弥补的错误。让六名女佣接管之前十二人干的活，府里上上下下要做的事情太多，用人们时常是像无头苍蝇一样到处乱撞，不知该干什么才好。

一天，县丞家中有一位奇怪的宾客到访，此人年约三十，一把胡子留到胸前，发白的稀疏碎发贴在头皮上，身上的麻布皱皱巴巴，一双烂草鞋走起路来沙沙响。值得一提的是男人身后的两个小侍女，她们穿着青色的素褶，手挽手紧跟在男人身后，面纱下如清水一般的眼睛盯着地面。这个看上去很不体面的男人就是现在这里唯一的奴隶商——二舌。县丞外出，胡雍招待了他，酒足饭饱之后，二舌径直走到夫人面前跪下，悄声在她耳边说了些什么，夫人听完掩面痛哭一会儿，将二舌扶起，说道：

“那么，在那之后呢？”

“夫人，在那之后，鄙人一天在河边捡到了一个可怜的男婴。”

“您把他带回家了吗？”

“起先我痛恨碰到这件事，可看来也是老天爷的安排，那天夜里我无论如何也无法入眠，便驱车再次前往河边，将男婴带回了家里。”

“那么后来呢？”

“仆人们将男婴的襁褓打开想为他擦洗身子，一个香囊从襁褓之中滑出，我打开一看，里面放的竟是妻子曾经丢失了的一块美玉。我顿时明白了这一切，抱着男婴止不住地流泪……”二舌说着转过脸去。

夫人眼睛向上一瞟，也跟着呜咽起来。

“您请继续讲下来。”胡雍说。

“夫人，我给孩子取名叫孚丑，到了上学的年纪就请了先生教他识字念书。孚丑性格开朗，书念得很好，身体也日渐健硕。”

二舌又流下了两行泪，赶快用袖子遮掩起来。

往后，二舌便常到县丞府来做客，那些知道象贤是二舌亲生女儿的仆人自然是目瞪口呆。在他们眼里，夫人当年换婴的手段有失人道。他们很清楚，夫人现在这样接待他，只是想得到他那里的童仆，如果不是这样，夫人一定不会对他笑脸相迎。他们弄不清事态，于是找到了一个最为合适的解释：二舌是个彻头彻尾的糊涂蛋。

再后来仆人们看到的是，二舌在一天清晨再次登门拜访，他这次换了套干净的白色丝绸长衫，手里的折扇“啪”的一声合上，走下了马车。他在门前高声直呼胡雍的名字，夫人回应道“来了——”就撩起厚重的裙摆跑去迎接。二舌刚刚乘坐的马车向前驶去，从后面的几个轿子中陆续走下十多个身穿布衣的童仆，一道带进了宅子里。

夫人留二舌吃午餐，二舌说有急事要回去，叮嘱带来的童仆们几句话，便起身要走。夫人送客至门前，注视着二舌的马车走远。二舌没有笑，可她总觉得轿子里不断传出笑声，回荡在街道上。她正思索着什么，突然背后有人拍了一下她的肩膀。

“夫人，小姐就要回来了！”背后的老婆子说。

胡雍还在想刚才的笑声，没有回过神，老婆子们扯着她的衣袖，一直叫她。

“什么小姐?”她说。

“象贤哪，夫人，您这是犯的什么病，象贤要回来了。”说着她们就把胡雍推回了屋子。

可以想到，胡雍一点不为这件事情感到高兴。象贤不是自己的亲生孩子，况且现在老太爷死了，象贤对于胡雍只是个累赘。当初象贤孝期结束时，胡雍恨不得她就这样死在山上，再也不要回来见她。县丞和夫人都不喜欢她，她总是神神道道，又长着一张即使总挂着微笑也让人觉得冷傲的脸，这个家里除了那个死了的老太爷没有人会喜欢她。

“她孝期满了的时候不知道回来，偏要挑这种最忙的时候回来，真是个冤家对头。”胡雍心想。

事已至此，只好先暂且放下手里的活，等着她回来。胡雍派人去通知县丞大人，便坐在亭子里等候，天气炎热，不出一会儿汗珠就浸满了额头。她一路发着牢骚来到后院，刚端起水瓢想洗把脸，就瞟到正前方廊道底下有一个黑影正盯着自己。她“哇”的一声把水瓢扔到空中，连滚带爬往前院跑，迎面撞在一个孩子的斗篷上，扑倒了对方。

她哆嗦着睁开眼睛，那个菩萨长相的孩子正紧紧地搂着她的脖子，四周一阵敲锣打鼓，她强挤出一点微笑被人扶了起来。

象贤给母亲行了个简单的礼，便在宅子里四处走动，她的两个弟弟躲在柱子后面，时不时向她吐口水，象贤只望了他们一眼，就转身走开了。胡雍拍拍身上的灰尘，心想："这孽女如今更目中无人了。"象贤绕了一圈又回到母亲面前，开口问道："母亲大人身体如何？"

"夫人身体很好，小姐。"用人答道。

"母亲，恕女儿不孝，今年冬天，象贤恰逢流年刑太岁爷，虽然还未到生日，可不知为何，师父总逼着我尽快回庙侍奉本命佛。女儿不敢多逗留，今日来看望父母亲一眼，再相见又不知道还要过多久。"

"怎么会这样。"夫人牵起她的手，说着就要哭。

象贤见状赶紧走进了屋子，夫人伸手要亲自帮她脱下斗篷，象贤抓住母亲的手说："母亲大人，不必再帮女儿脱下它了，我已经见到了您，您也不要让父亲赶回来了，我现在就要上山了。"

胡雍忙着为女儿打点细软，并将自己的念珠摘下想要给她，象贤没有收下。她只告诉母亲自己在山上的这段时间除了诵经念佛，几乎没有一个可以一起玩的玩伴，所以只想让母亲为她找一个识字的玩伴，也可以叫她看书识字，这样她在寺庙里的生活就不至于太枯燥。

这不是赶巧了吗，胡雍让用人随便叫一个清早二舌带来的童仆来，不一会儿，一个低着头的小男孩就走进了屋子，他的个子和象贤一样高，长长的辫子甩在脑后，他的头低得太低了，几乎看不到脸。胡雍问他识不识字，他看着有些慌张，说会一点。于是胡雍把他带到象贤面前，象贤拉起男孩的两只手，左歪头看看，右歪头看看，说道："终于找到你了。"夫人笑着摸了摸象贤的头，象贤把母亲的手从自己头上取下来，放在小男孩的头上，跑出了房间。

临行之际，象贤被抱上母亲的高马车，马车夫大叫一声准备出发，象贤突然撩开帘子对他说道："等一下。"夫人问道："忘带了什么吗？"象贤没有回答，只见她跳下马车，站在原地似乎想要喊什么，却只是动了动嘴皮，然后跑到了他们身后的马车前，回来时牵着刚才那个小男孩。

一路上，童仆和夫人、小姐挤在同一辆马车里，他坐在小姐的身边一动不动，象贤隔着面纱一直盯着马车夫的后背，她的表情还是一点不变，目光淡然，嘴角微翘，但不知为什么，总觉得她要比平时开心。夫人早上吃了一点点心，到现在太阳已经到西边，一直没再吃任何东西，又饿又倦，不一会儿就呼呼大睡过去。

行至山腰时，车里变得越来越凉快，风里夹杂着土腥味，梧桐树梢上开始泛起橙红色的光点。夕阳映照在寺庙门前的最后一级台阶上时，他们的旅程也就结束了。童仆颤颤巍巍扶着小姐下了车，他忽然觉得天旋地转，连脚下的土地都在震颤，脚下的杂草一瞬间变成了蓝色的火焰，舔着他的裤筒要向里钻。

“孚丑？”他听到一个清晰的声音在叫他。他抬起头，小姐站在他的面前盯着他，一滴汗珠掉进了眼睛，小姐随之扭曲起来，与她身后的寺门融在一起，在自己的视线里越变越小。

“你在做什么呢？”有人继续问。他揉揉眼睛，看到夫人已经不见了，寺门“吱”的一声被打开，从中走出一个身穿明黄色常服的小和尚，领着他们进了寺庙。他的心怦怦直跳，脑袋里涌现许多想法。

没错，这个童仆就是孚丑，就是那个由胡雍所生、二舌养育的男婴。在半年之前，孚丑每天最重要的事情莫过于吃药和看蛇，可现在，他背负了新的使命。

半年前的一个晚上，父亲把他单独叫到了房间，说有重要的事情说。父亲很少把他叫到房间来说话，而且还是很重要的事情，乎丑心情非常复杂，不知道是激动还是害怕。他抬头望见父亲挺直腰背端坐着，表情有些沉重，好像他等待这一天已经很久了似的。

那天夜里回到自己的房间后，乎丑下床四处翻找，从经久未开的抽屉里拿出一把小刀，拔掉刀鞘在墙上刻下了一个字，又爬上床坐正，就这样盯着墙上的字坐了一晚。至于这个字到底是什么，诸位可能不难猜出，正是“杀”字。那么他究竟想杀谁呢？他要杀的是父亲口中杀害母亲的凶手——县丞一家。

就这样，悲剧仿佛就要上演。他请求父亲让他伪装成童仆，送进县丞的家门。这是巧合还是二舌的阴谋，只能说不好轻易下定论。他没有命令乎丑去为母亲复仇，可此刻乎丑的心里已经只剩下了仇恨。他对县丞一家做的事有所听闻，从来不觉得他们是百姓口中所说的乐善好施的人家，现在又浇上杀母仇人的油，他愿意为父亲所深爱的母亲报仇，即使他从未见过那个女人，更别提叫过她一声母亲。可他怎么会知道，自己想要复仇的对象，就是自己的亲生父母。

他对父亲的话深信不疑：母亲根本就不是因为难产

而死，而是因为县丞一家抢走了他们的孩子悲伤过度而死。如是想，父亲常年放浪形骸，总给人一种无法接近的感觉，是因为没有人能真正了解他的痛苦，他的心已随着爱人和离自己远去的孩子而渐渐停止跳动。父亲仍过着如此苦不堪言的生活，拖着衰弱的身体独自入眠的唯一原因，一定是心中的仇恨难以磨灭。

即使二舌并不是自己的亲生父亲，但一想到这个养育他的男人每天站在妻子坟前的样子，孚丑还是觉得心痛难忍。他怨恨自己为什么不长大得快一点，好早日替父亲报仇。

如今终于等到了天时地利的日子，可现在，他竟和象贤手牵着手站在寺院前，他想马上见到父亲，告诉他自己被带到了离县丞府相距百里的万望山上，即将和仇人的孩子，他的女儿住在一起，又觉得无脸再见到父亲，自己是那么的没用。他已发誓无论如何一定要亲手杀了县丞一家，可现在，又不知道要让父亲再等多久。

象贤与孚丑

进了寺院后，象贤带他来法堂拜见方丈，方丈坐在法堂最深处的木阶上，只能看到他厚重的双手捻着念珠。象贤让孚丑跪在垫子上，大声说：“师父，这是孚丑，与我同年同日出生，从今天起，他也要和我一起供奉本命佛。”

声音回荡在空荡荡的法堂里，左右徘徊。刚刚孚丑在山门前就听到有人叫了他的名字，以为是自己一时听错，现在小姐又清清楚楚地叫了一遍，可是小姐又是怎么知道他的名字的呢？

方丈摆摆手，他俩便走出了法堂。一个小和尚指了一间空房给孚丑，这里恰好能看到小姐房间的门，而后的几个时辰里，他从门缝里望着小姐的门，除了送饭的用人取走了空碗，小姐房间的门一直紧紧闭着。

夜幕降临，孚丑悄悄打开自己的房门，此时大家都已经休息，他踮着脚走过漆黑的长廊，来到通往大殿的小门前，正要伸手去开，突然被一只有力的手抓住了手臂，他沿着手臂向上看，竟然是小姐站在身后。

“你要逃走吗？”象贤说。

“我睡不着，小姐。”孚丑答道。

“你过来。”象贤拽着他扭头就要走，孚丑想拦住她，可还不等他说话，象贤就把他拉进了自己的屋子。她把门关上，抓着孚丑的那只手一点没有要松开的意思，反而越抓越紧。他们两个人相距最多也只有一尺，孚丑看到她依旧面带微笑，目光没有一丝波澜，只是不知道是不是自己有点害怕象贤的原因。他觉得她比白天要显得高很多，给人一种不可抗拒的感觉。

“你听着，孚丑，”象贤开始说话，“从今天开始，你就是我的，你不能想着从我身边逃走。只有待在这儿，你才能得到保佑，如果你执意要下山，一定会有大难临头。”

孚丑不说话，象贤继续说道：“我知道这里憋闷，你可以写信给你的父亲，我会尽力帮你，想必你父亲也不希望你逃走吧。”

“小姐，您从前认识我吗？”

“我认识二蛇。”象贤说着松开了手，耸耸肩说，“而且说白了，你现在根本还是个孩子不是吗？”

这孚丑就更不明白了，他盯着象贤不知道从何问起，只觉得眼前的这个女孩好像什么都知道似的。

“我是说，如果我不给你坐骑，你能逃到哪里呢？”

象贤等着他说话，可他就一直这样盯着自己不说话，她微微一抬头，把目光移到一边，把孚丑推出了房间。

孚丑愣在门外，他听到小姐还没有走开，就在门的那一边。他听着她的呼吸声，突然有了一种奇怪的想法——他觉得小姐有些紧张。

第二天早上，孚丑已经写好了给父亲的信，昨晚小姐说的每一句话他都声声在耳，即使大多数他都半懂不懂，也压根儿不相信，但现在看来，逃走确实不是个好决定。于是他将现在的处境和抱歉之意写进了信里，交给了小姐，他亲眼看着小姐把它转交给信使，看着信使渐渐在下山的路上变成一个小点，消失在丛林中。

几天后，孚丑收到了父亲的回信，他将信揣进衬衣，等夜深人静的时候借着月光在庭院里读，还要时不时回头看看那个神出鬼没的小姐有没有出现。父亲的回信中写道，象贤在今年冬天即将迎来十二岁生日，不巧又恰逢流年刑太岁，恐怕无福而有祸，他希望到师父允许象贤下山为止，孚丑能保护象贤的平安，不要去想其他事。

信很短，只是孚丑注意到，父亲在信尾写了一个“安”字，只是一个“安”字，他甚至不知道这究竟是祝福象贤的还是祝福自己的，但他感到从未有过的温暖。他甚至开始感谢象贤，如果没有她，父亲也许根本就不会给他回信。他将信紧紧地贴在自己的胸口许久，才依依不舍地把它扔进火盆烧毁。

往后的时光里，他又写了好几次信给父亲，无一例外都收到了回信，而且信尾的地方总是会出现一个“安”字。也许正因为这些回信，他觉得寺庙里的生活也不再那么苦闷，他们大多数时间都泡在法堂里听佛诵经，空闲的时候，象贤就会带着孚丑去丛林里散步。孚丑并不讨厌象贤，他不常主动找她说话，但象贤跟他说话时，他也会认真地听。

他还发现，象贤几乎认识所有字，而且她很喜欢讲故事，这些故事多数有关四圣和一些妖魔鬼怪，只有极少数是跟人有关，有些孚丑听得懂，有些他听不懂。他不想让象贤觉得自己无知，总会把问题藏在心里，这时象贤就会笑他。从象贤那里，孚丑听了上千个光怪陆离的故事，她总有数不清的故事讲给他听，孚丑曾问她是怎么知道这些故事的，象贤就咂咂嘴，说是自己亲眼所见。

在孚丑眼里，象贤说话做事有时会显得有些疯癫，她会为了想让一只蜗牛看到日出，在天还没有亮的时候起来爬上屋顶；会偷偷躲进孚丑的衣橱里，等他靠近时突然跳出来；有时她会在半夜偷偷满身泥巴地跳上床直接睡觉，第二天因为早课迟到而被师父责罚。

为了遵守对父亲的诺言，孚丑大多数时间都会让象贤在他的视野范围内，象贤发现了这一点，于是有一次，她四仰八叉地躺在路中央，孚丑看到后，连忙跑过来俯身跪下，然后把手伸向象贤的鼻下，象贤连忙屏住呼吸，孚丑见她没气了，开始扯着嗓子喊人，象贤事先没想到这一点，一个起身就想拉着孚丑逃跑，谁知起得太猛，两个脑袋刚好撞在一起，起了两个大包。

可象贤还是不知悔改，她接着跟孚丑玩这种把戏，有时她跑着跑着干脆直接倒地，孚丑不会被她骗第二次，他装作受惊的样子再次跪倒在象贤的身边，揪起她的衣领上下摇晃她，嘴上还要喊着："你不要死呀，小姐——"等到自己真的快被孚丑勒断气的时候，象贤才会假装苏醒，然后问道："我怎么了？我晕过去了吗？"然后两个人都忍不住想笑，就一起放声大笑起来。

但是也有一些时候，象贤笑着笑着就会突然不笑了，转身向自己的房间走去。当象贤不笑的时候，就是在暗示孚丑：离她远一点。有时她好几天都不跟孚丑说话，下课后便把自己锁在屋子里，也不让任何人进去。

这种时候，乎丑只会觉得有些不安心，倒不会去好奇象贤究竟在屋子里干什么，他不像象贤，对所有事情都有好奇心。

这时，他会想到父亲和母亲，还有父亲家里的那些仆人。他会在心里描绘一张母亲的画像，即使他曾经成千上万次地想象母亲的容貌，可是每次还是能想出新的点子。他会猜测父亲和仆人们现在在干些什么，父亲还是会喝很多酒吗？还是已经戒掉了酒？有时他会想起那些自己养的蛇，他走之前没有和它们道别，他多么希望父亲能帮他照看它们，可如果父亲把它们杀掉或者放掉了，他也不会怪他。

有一天晚上，他突然开始想念自己房间门前的那卷竹帘，上一秒他还清晰地记得它身上的每一处折痕，可下一秒他甚至再也记不起它的形状了。他翻了个身，觉得面颊上凉飕飕的，他伸手去摸，面颊竟已经湿透，愣了一会儿，他捂着嘴大哭起来。

他用发呆和空闲的时间来想念。起初，他在佛殿听人诵经时，从不敢抬头看佛像，因为一看到佛像，他就会感到喉咙堵塞，和尚诵经的声音也会变得震耳欲聋，渐渐就会失去知觉，犹如在烈火中炙烤。后来在小姐的

“威胁”下，孚丑只好抬头望了一眼，鼻头一酸竟想就此放下仇恨，可这种想法很快就被他打消了，他重新又低下头，望着地面发呆。

虽然心里的仇恨并没有泯灭，可与象贤一起生活好似磨平了他的锋芒，虽然他听父亲说，当年母亲虽因县丞家抢走象贤后郁郁而死，但自己现在已经没有复仇的冲动了，因为他觉得象贤现在也过得挺好的，至少他觉得象贤不是坏人。

他相信善有善报，恶有恶报。祈祷时，他真心地替受难者祈祷；辩解时，他真心地为无辜的人辩解；但诅咒时，他也会真心地诅咒县丞一家。可以说，他丝毫不想掩饰自己心里的仇恨，也从不期待佛祖能原谅自己现在和将来的罪行。但现在他开始疑惑仇恨的意义在哪里，到底要不要去复仇呢？当他想起象贤的脸时，他知道自己也许一辈子都想不出这个答案了。

邪　风

一

正值晌午，山桃私塾刮过一阵阴冷的邪风，吹得老先生的书翻到了全新的一页。书页定住，一个字映入他的眼中——骤，于是他顺势开始讲起这个字。

眼皮底下的孩子有大有小，有男有女，挤在书院的山桃树下听先生讲课。他们听得入迷，这阵邪风骤然一吹，几个孩子缩紧脖子，你看看我，我看看你。一个女孩举手打断了先生。女孩约莫七岁，名叫月静，是先生私塾里的新学生。

“先生，‘骤’也有灾的意思吗？”她说。

老先生皱了皱垂到眼尾的眉头，“你因何这样问哪？”

“先生的书方才被一阵风吹乱，这样的风我母亲叫它邪风，会带来灾祸。而您突然讲起‘骤’字，所以‘骤’和‘灾’是一个意思，对吗？”

“胡说八道！”先生斥责道。而后，他又为她详细地解释了“骤”和“灾”的区别。

先生一向以严谨的态度带着孩子们识字念书，他年少考学未中，便在自家开起私塾，山桃私塾是村子里最闹哄的地方。每天清晨阳光还未普照大地，孩子们就在门外守上了，他用膳完毕，就命家仆打开院门。孩子们一窝蜂似的拥进这片神圣的土地，团团围住老先生，先生只有在这时才会面露和善的微笑，同孩子们打趣几句。等开始上课，他又开始板着脸，孩子们没有不怕他的。

私塾卯时闭门开始上课，中饭后又讲四堂，结束的时间没有规定。任何年龄的学生他都收，小到四五岁，大到十六七八，只要肯学他就愿教，还破例接收女孩。这使得邻村和镇里的一些人家不惜每日驾着马车送自家闺女来识字念书，家里穷一些的就走着来，自是没什么怨言讲。

冬日里天气寒冷，先生在里屋架上火炉，孩子们围坐在炉火旁听；等天气渐渐转暖，他就在小院子里摆上几排长凳，一排坐上将近十个孩子。这时正赶上满院的山桃花开放，两旁的几棵山桃树枝叶繁茂，一直蔓延到屋顶。起初几天，粉嘟嘟的山桃花苞在头顶上零星可见，远远望上去像缀满星星的夜空。等花开成形，微风温柔地一吹，花瓣便飘落满地，香气扑鼻，混杂着先生屋里的盘香，总能令人心旷神怡。年年如此，一来就是四十六个春夏秋冬。

先生教书重在教德行。凡是在他私塾里的孩子，在德行上犯了错误，诸如对父母长辈不敬、小偷小摸、欺负弱小等粗鄙之事，先生必有重罚，学习不刻苦也会受到体罚。他为人和善，却在教学上颇为严厉。也正因为如此，在这所小私塾里学成的孩子，多半称得上才贤，至少也是品行端正，没有一个在外惹是生非的。他们有些已经成家许久，依旧时刻铭记老先生的教诲。

先生闲时上茶馆坐坐，总有人调侃，说若是哪天先生钱挣够了不再教孩子们读书了，恐怕这村子也要走到尽头了。每当这种时候，先生就会笑着摇摇头，说自己只是个穷教书的，哪里有这种影响。其实大伙心里也都明白，先生教书挣不了几个钱，但人人心里对先生都留着一份敬重。

再说月静，那天初次在私塾上过课后，酉时才回到家，看见陈家的儿子小晟正蹲在她家门槛上等她。小晟比月静大一岁，和月静青梅竹马，去年也刚刚去先生的学堂念书。两个人走进屋里，月静向他讲述今天那阵邪风后，她和先生之间发生的事，小晟却心不在焉，仿佛有心事一般。说完这件事，他更是瞪大了本就很大的双眼。

“月静，今天村里来了个生人，那人身穿黑直裰，骑一匹黑亮亮的马。他的身后紧紧跟着另一匹黑马，只是比前一匹稍小些，马上坐着一个窄肩头的人，看上去是个女人，他们都戴着斗笠，蒙得严严的从街上穿行过去，那会儿正是你在学堂的时候。”小晟说。

“那阵邪风准是他俩带来的，不会有什么不好的事情发生吧？”月静说。

“谁知道呢。”

“现在他们人在哪儿？咱们去看看。”说完她拉着小晟就往门外跑。

“行不通，黑婆子不给开门。”小晟说。

“他们去黑婆子那儿了？”

“去了，一直到现在都没再出来。”

…………

几天过去了，月静和她的小伙伴一直在等那阵风带来的两个神秘人物现身，可以说，全村人都在好奇这两位不速之客。

村子里宁静又骚动。

二

酒馆的戏台子空了一段时间，掌柜的言语含糊，说戏班子里有角儿病了，这些天唱不了。一连几天，酒楼冷清得可怕，连街巷口也空荡荡的，茶余饭后，孩子们追逐打闹，大人们则早早就上炕休息了。

一天，月静正和一家人用晚膳，忽听街上有叫嚷声，“天仙下凡喽——王母娘娘派天仙来喽——”叫嚷声逐渐逼近，沿着自家院子的墙壁又流向了下一家。

月静的心已经随着叫嚷声飞到街上去了，祖父母坐在桌子对面，一声不响地吃着饭，头也没抬一下。他们是村里德高望重的老人，家法很严，是决不允许有人吃饭的时候跑出去的。好奇心促使着月静把椅子弄得吱呀作响，屁股怎么也坐不定。一旁的母亲狠狠瞪了她一眼，月静心里一边想着那位天仙的容貌，一边担心不等她吃完，天仙就驾云飞回天宫了。

她从没有见过天仙，怕是连祖父母也没见过。她想开口问问祖母，却想起“食不言”的忠告，又把话咽了回去。

月静的母亲不紧不慢地吃完饭后，把剩下的活推给用人，也和妯娌一起上街去看热闹。这些月静都不知道，她等着长辈吃完，道了安就冲出了家门，她沿着石巷跑，街上没什么人，她见到一个老婆婆，就停下来问：“婆婆，婆婆，天仙在哪儿?”

婆婆眯缝着眼睛，好半天才说：“啊？天仙？什么天仙?”

月静无可奈何，只好继续向前跑，跑过酒馆时，酒馆里人声鼎沸，异于往昔。她跨过酒馆高高的门槛，酒馆里的人挤到了柜台前，她在人群中发现了小晟，一把拽住了他的胳膊。

“小晟小晟，大家伙儿都挤在这干什么?”她大声说。

“哦，你可算来了，我去找过你，是别人开的门，说你在吃饭，还得等一会儿。街上喧闹得厉害，我等不及就先跟着人群来了。”小晟说。

“我听到了吆喝声，果真有天仙吗？她就在这儿吗?”

“我不知道。”

周围尽是些大人的惊叹声，他们齐刷刷地望向戏台子的方向，互相议论着天仙的容貌。月静和小晟个子小，又被前面的人群挡得严严实实，在地上打转干着急。他们看到有几个人从兜里掏出几枚铜板向戏台子扔去，其他人也跟着扔了起来，顿时他们的头顶滑过一道道的铜板虹。起初它们落在台上是撞击木板的声音，到后来便成了铜板和其他人的铜板碰撞的声音，可见数量之多。月静和小晟不管怎么踮着脚，跳哇挤呀，就是丁点儿也看不见。

这时，人群中出现一个男人，他举起小晟，把他放在了肩膀上。月静认识那个男人，那是小晟的表哥，是个游手好闲的人，总是一副醉醺醺的样子，已经过了成婚的年纪，却没有人愿意嫁给他。

小晟坐上男人的肩膀后，眼睛一下子绷得圆鼓鼓。

“看见什么了？看见什么了？天仙真在台子上吗？”任月静怎样摇晃着他的脚踝，他就是挪不开眼睛，嘴巴半张着，一动也不动。

三

人群散得差不多了，小晟才从男人的肩膀上下来，那天仙的容貌还是让他有点晕。清醒了一会儿后他才想起月静来，四处寻着她，酒馆渐渐空了，只有一两个人还在讨论刚才的事，迟迟不肯走。戏台子上的铜板不知在什么时候也都被清空了。他没找到月静，只好先回了家。

次日，小晟去月静的屋里等她从学堂回来。小晟想着月静一定没看到昨天的景象，况且这样新鲜的事，他只想跟月静一个人分享。月静与自己不同，是书香门第的孩子，从小又读过很多书，自然见多识广，不像自己的那些下三烂兄弟，他才不想和那些人讨论昨天那动人的天仙，他们一定会用其他的龌龊词，把原本美好的一件事，搞得污秽不堪，不成样子。

月静到了后，他们一同往小亭子里走。

“你昨天为什么先走?”小晟问她。

“我看不到，也就不看了。”

“月静，你没有看到，真是今生最大的遗憾。那是可以使人沉醉入迷的容貌，我到现在还是不敢相信自己的眼睛，如果你见到她，你一定也会像我一样感叹的。”

“果真有这么动人?”月静问。

“是啊是啊，你可以不相信别的，但你得相信我，我一看到她，我就……”

“那女人是不是穿着淡雅纹样装饰的衣服，头上却是富丽堂皇，令人眼花缭乱？”月静打断他。

“你怎么知道？你不是没看到？”小晟说。

“我就知道。”月静跳上亭子里的石圆凳，回过头说，“那女人我曾见过。”

“你见过？”小晟说。

“你是不是也看过那狂子姬的神仙图？听他自己说他曾在皇宫里亲眼见过道玄笔下的《神仙行进卷》，狂子姬凭借自己超出一般人的记忆，记下了画中的每处细节，绘成《八十八神仙图》，气势更加恢宏。据他自己说，那画中所有神仙都是完全临摹道玄的画，只有一个仙女，是他在原画八十七仙的基础上所加。那仙女和画中其他的神仙融为一体，难以分辨出哪位是狂子姬后加入画中的。他曾带着那幅赝画拜见我祖父，使我有机会能瞧上一眼。我看那画时，从卷首挨个儿瞧，也和众人一样分不清哪个出自狂子姬的臆造，于是我从卷尾又数了一遍，真是八十八神。我始终没有主意，狂子姬也不愿透露，当晚带着气上床，一下子竟有了答案。”

“什么答案？”听她这么说，小晟不自觉地捂上了嘴巴。

“梦里我化为捧花执旗的金童之一闯入画卷，画的布局我记得清清楚楚，那仙女就在一行乐队前紧靠着大帝，眉目朦胧，露出邪魅的笑，与其他玉女大不相同。于是次日我求祖父再让狂子姬来一次，可他已经离开了村子，到现在也没回到这里，我认定我看到的那个仙女就是狂子姬嘴中的第八十八个仙人。昨天那戏台子上的妖女，正是她。”

“你胡说！画上的人怎么能变成真的呢？”

“几天前村子里到访的那两位黑衣人，其中一位就是狂子姬。这么看来，他身后那个，就是昨天出现在戏台上的天仙。狂子姬突然带来这样的女人，会祸害村子的。”

小晟还是不相信，他转身就走了。

自此之后，月静一段时间再也没和小晟说过话，往后也没再说过，更准确地说，他们已经无话可讲。

村子一夜之间发生了翻天覆地的变化，戏台子上每天都会像头一天一样降下那仙女。她什么也不做，只在台上站一小段时间，众人就情绪高涨地往台上扔铜板，最后戏台的帷幕一张一合，铜板便一个不少地被收走了，连着那仙女，也不知道去了哪里。

村里的男女老少包括小晟在内，都痴迷于台上女子的容貌，他们借着能得到天仙保佑的吉祥话，每日就苦苦地在酒馆等着，什么也不干。仙女来之前，酒馆里毫无生气，犹如废墟一般死气沉沉；仙女一出现，准是一阵阵呼叫和推挤，谁都想站在戏台的尽边上，仙女的脚下。经常会发生因抢那个离仙女最近的位置而大打出手的场面。而后那些人干脆就搬个小凳子在戏台子边上坐着等，人一多，站着的自然给坐着的挤在了身后，而那些能在最前面站个一整天的，以小晟和许多先生私塾里的孩子居多。他们不再去先生的私塾，而是每天在这里盼着，等着那仙女降下，来一睹她的容颜，哪怕只有一会儿，就已经足矣。他们从没有想过，正在做着的事情到底有什么意义，久而久之，脑子不再想了，也就麻木地继续等待着、欢叫着。当然他们中不包括月静。孩子们的父母也拿他们没办法，就说小晟，他不去私塾，被家里人关在家里，却怎么也挡不住他对仙女的向往，他趁人不注意，翻出院子，同小伙伴们会合，一起去酒馆。

起初老先生发现一些孩子总是不来私塾，等他们被父母抓来时便棍棒相加，打得他们皮开肉绽。到后来孩子们发出抗议，因为他们发现父母把他们塞进学堂后，自己却跑去看天仙，这让他们觉得不公平。闹了一阵子后，索性家长也不再管孩子，形成了一种奇怪的局面——清早，一家人吃过早饭后，一同结伴前往酒馆，仿佛成了一种引以为傲的习俗。

私塾已经没几个孩子来了，先生是捉不过来那些孩子了，打不动了。他一天比一天年迈，咳嗽不断，却从不停止上课。有时院子的长凳上只剩下月静和一两个孩子，先生仍举着书，认真地讲。没人再说他是教书育人的贤能，人们开始叫他老顽固，说他为了赚一点钱一身的老骨头都哐哐作响了却还要教书。有一次一个流氓竟直指着他的鼻子问：“喂，老东西，你没一次来看过天仙，就不怕得不到天仙的保佑，自己会死得很快?”人们都被这话弄得大笑不已，没有一个人跳出来为老先生说话。先生脾气大，攥着茶杯的手直哆嗦，却也没有一点办法。现在众人的心思里，等着天仙才是每日的大事，读书识字已然被大众所遗忘。他们贪图台上女子的美貌，甘愿跪倒在她的足下，也不愿拜师求学。

几天后，老先生讲着讲着仰面朝天倒在了山桃树下。昔日的山桃树下坐满了孩子，现在却只有月静一个人。月静去找大夫，回来时先生已经气息奄奄，他把大夫赶走，和月静说了好一阵子话，就死了。死讯一传出，村子里没人不拿这件事找乐子，说他就是没来看天仙，才死得那么快。现如今他们把任何事情都能扯到天仙身上，生活的全部都围绕着她。

可谁都不能想到，老先生死了以后，村子里开始灾祸频频。又过几天，黑婆子家着火了，黑婆子被活活烧死，有人在救火时看到那两个黑衣人仓皇而逃。次日又有人家着火，还是有那两个黑衣人从火中逃出，骑马而逃。第三天人们巴望着哪里准会着火，他们这回学聪明了，火一着起来，专盯着两个黑衣人，等二人一从火中钻出，就把他们双双拿下了。

一个老头煞有介事地问道："你们到底是什么人？敢在这有天仙降福的地方放火造孽？"

两个黑衣人互相看看，人们大喊着："快说，快说。"有个小伙子性子急，上去一把抓掉了两个人的面纱，他们还真是一男一女，有人见过其中的那个男人，大叫："狂子姬，他是狂子姬！"另一些人却痴痴地望着女子。

那女子在满面灰尘下，两潭泓瞳含俏含妖，一身黑衣，更使得她肤如新栀。这时人群中突然有人惊呼一声：“天仙——”顿时议论与叫喊声如潮水般涌动，场面一片混乱。那两个黑衣人趁乱逃脱了，谁都不知道他们去了哪里。从此以后，这个村子又恢复了往日的宁静，仿佛他们从未来过。

在草原

一

这是一匹十分温顺谦逊的小马，带着我一路漫步，来到了悬崖之上。远处的东山沉寂，一片灯塔浸泡在瓷青色的天空中，神游的云雾环绕在大大小小的山脚下，忽明忽暗。我的手紧紧抓着缰绳，出了一些汗，用一根红绳挂在马鞍前的一把刀拍打我的脚尖。

到了这里，我们呼吸到了某种很神秘的开阔气息。从悬崖边向下望，看不到一处房屋，只有稀松的小草在五月长满山崖。一条河流也沿着山谷一头扎进雾中。听不到流水声，天空上也没有飞鸟。这种辽阔不同于站在港口眺望大海，它更加接近我们的力量，让人忍不住臆想起来。

我们行至离悬崖边只有几米远时，我丝毫没有要停止向前的意思。看了看时间，接近清晨五点了。天即将破晓。

主人的一声悠长哨声从我们背后传来，我骑着的小马顺势停住脚步，马蹄碾碎的一些青草，发出扑鼻的香气。我牵住它，它又重新吃起了草。

“我想回帐篷，有些冷。”我说。

“可我们才刚出来不久，不是吗？”

小融用她的马头示意我沿着悬崖向左转，她的皮靴上沾了一层厚厚的泥土，已经变得僵硬，她似乎没有注意到。

“看北边那里。”

“哪里？”

她用手向下指着低处的一大片山，“那座山，也许是后面那座，翻过那里，是一片更广阔的草原，那里曾经住过一个异国的公主，你要听她的故事吗？”

看来她没有要回去的意思，我把左右手交替着放进外套里取暖。起风了，阿吉——接待我们的主人骑马告诉我们，不过二十分钟，就会下一场暴雨。云层刚刚被日出削弱，我看不出任何雨的征兆。可以说，我很少观察云。

这是一个并不苍凉的故事，年代不清。

故事的主角名叫阿纳龙，小融没有提到他的姓，我想她也不知道他姓什么。“阿纳龙是一个牧民。”她说到这里时，我笑了笑，又是牧羊人，小融很是喜欢牧羊人呢。“他专负责放牧寨子里的马。”她接着说。原来是牧马人。

阿纳龙出生后从未离开过的寨子，有将近一百口人。无论是从年代来看，还是从距离来看，他们都与我们毫不相关，可以说是生活在另一个世界的人。那是没有架着三条线的电线杆的地方，从寨子里一刻不停歇地骑马，要骑一个半小时才能到达最近的镇子。寨子里没有一栋两层以上的楼，原先有一座塔，但一直荒废着，就让阿纳龙的父亲给拆掉了。

寨子里有一所医院，外观和其他房屋没什么区别。有一个名叫禾蒂拉的漂亮姑娘，常年住在那里给病人看病，医术是她祖祖辈辈传下来的。禾蒂拉家是寨子里唯一需要传宗接代的家族，因为他们有自己的医术语言，是外人怎么也学不会的。禾蒂拉那年三十八岁，但人人都叫她姑娘。她有一种难以言说的魅力，这有时并不表现在她看病时的优雅神态，并不表现在任何地方。

“其中也有一部分原因在阿纳龙，这个后面再说。”小融说道，“其实我并不觉得这位禾蒂拉小姐真的有那么美丽。这故事我是去年听来的，当时正在讲述的人好像很是为禾蒂拉的美丽所自豪。我是这样想的，是因为寨子里的人说她美丽，不需要什么别的理由，她的角色就是一朵花，哪个地方都得有这样一朵花。”

禾蒂拉有两个儿子，一个四岁，一个六岁，分别叫小彩和小德。两个孩子都很乖巧活泼。小德非常聪明，也懂得保护弟弟小彩。禾蒂拉和她丈夫离婚很久了，他是个嗜酒的牧羊人，经常独自在外安营扎寨。他不带禾蒂拉走，最终在孤独和女人中他选择了前者。

禾蒂拉爱他，但也恨他。起初她不愿意他见儿子，但他就像故意似的，经常去禾蒂拉那里治病，说好听的话给她听。其实都是些小磕小碰，根本不需要去医院。不久，禾蒂拉也就渐渐同意他见儿子了，甚至同意他把儿子带出寨子生活几天。

这地方自古以来就没有学校，孩子们从不念书。从前镇子上来过老师，但他们不愿住在这里教书。有什么办法呢，在这里你看不到人们翻看任何一本书，他们没有读书写字的概念。我们读书往往是因为我们必须读书，而他们不需要，所以就不读。

“那现在应该有了吧？”我问。“应该。”小融说。

寨里人爱深情地注视他们的羊，他们的马，同时也爱把这深情的目光投在禾蒂拉的身上。阿纳龙也一样。

在阿纳龙二十岁那年，他的父亲因意外过世。阿纳龙接替了父亲的工作，帮寨里的每家每户牧马，同时也是族里的首领。寨子里不缺年少有为、身强体壮的汉子，阿纳龙虽说称不上最勇猛的汉子，但他是天生的“守护者”。人人都这样说。他愿意为这里的每一个人付出自己的生命，甚至为一匹马、一只羔羊。就连禾蒂拉的前夫，阿纳龙也都深深地爱着。他和禾蒂拉结婚时，阿纳龙只有十五岁。那时他知道自己被禾蒂拉深深吸引，但无奈还太小，没办法正式追求禾蒂拉。禾蒂拉也从未认真看过他一眼，除非她来拜见他父亲时，阿纳龙故意去端茶倒水，显得很不自然。

这时禾蒂拉会望向阿纳龙的脸，然后像一只小羊一样咯咯地发出笑声。她笑起来不喜欢捂嘴，她把一只手搭在额前笑，笑得那样爽朗。她的十根手指都戴了戒指，阿纳龙仔细观察过那双手。最终，他得出结论，禾蒂拉是寨子里最值得他娶回家来的女人。

阿纳龙是那样细心。从二十岁到二十六岁这六年里，他越来越壮实，足以单手提起一匹两岁的马（这是事实）。他始终是无私的，和身边其他孩子不一样。这倒与他出生在首领的家里无关，这是一种与生俱来的性格，从他幼年就有显现。那时他父亲对他多少有些失望，说他是个完蛋包。因为他不仅怕自己踩在小草身上小草会疼，还怕自己坐在马背上马会累。每次宰羊时，他把嗓子哭到沙哑，声音近乎哀号。他那样做好像不是为了伤心，而是为了让寨子里每个人都听得见。家里没有人能拦住他，父亲气得把他扔出寨子，让他去外面号。幸运的是，阿纳龙多少次在外面过夜都活下来了。

他把他的生命分成了若干份，烤得暖暖的分发出去。可实际上他身份放得越低，大家就越敬重他，寨子里没人讲过阿纳龙的坏话。他听长辈说，他父亲生前也是如此。“他是个真英雄。”他们说。

生活在一片广袤无垠的草原上，他们的生命之源是火与爱情。借助男人的勇猛和女人的支援，很少有野兽敢冒犯这个小寨子。他们喝酒吃肉，他们相亲相爱，少有烦恼。

二

讲到这里时，大雨倾泻下来。我非常喜欢这个故事，小融讲得很连贯，很吸引人。我们忘记了主人的叮嘱，赶上了这样一场暴雨是很危险的。

小融在回主人家的时候，显得异常激动，她激动地在马上喊叫着，不停地叫着我的名字。她是个疯子。我被她点燃了，也从地面上飞腾起来。在暴雨洪流冲进河里的同时，我们两个人在两匹闪闪发光的马上狂笑，互相喊着对方的名字。泥浆溅进脖领子里，雨大到让人产生是在电影特效里的错觉。

因为这场暴雨，我更加喜欢这个故事了。

我们玩得很是愉快，但回到主人家时他们个个惊慌失措。女主人礼貌地笑了笑，接下来就只剩下担忧。她拿出自己的两件衣服，甚至想为我们擦干身子，我看到小融拉着她的手说谢谢。

晚上，我们坐在小太阳前烤卫衣和防风服。小融说她想把她那件绿色的防风服扔进垃圾桶里，我说我也要把我的登山拐杖扔掉。我们应该可以变成巨人。我笑，她比我笑得更大声。我们把女主人的衣服捂在脸上，闻着个中味道。有酥油的味道，青草的味道，奶的味道。还有好些味道，我说还有某种木屑的味道。这回小融表情很严肃，她闭着眼睛又深吸了一口，点点头。如果在平时，她一定会开玩笑地说还有古龙香水的味道。她在想什么事情，眼眉不是逐渐开朗的，而是走下坡路的。

“我们还有多久回去？”她放下衣服问我。

“五天？”

我们都不说话了。

一瞬间，我的眼前出现了一幅画面。小融和我坐在一辆轿车里，她正在开车，毕业后她刚刚考了驾照，所以这个场景并不违和。我们行驶在上海的一座桥上，这里的路是上升的，我们可以仰视到前面耸立的高楼，参差不齐。这场面很壮观，但越来越闪得我睁不开眼。小融此刻也闭上了眼睛，就好像她眼前也有那幅画面出现一样。

我从昨天入睡时就有些悲伤，因为我知道自己一定会病。可昨天小融在暴雨里又是那样的开心，我怎么能打击她的笑脸。我们第二天还有行程，要骑马去找小融的故事发生的那个寨子。我原本强撑着，吃过早饭后，也许是吃食有些油腻，我吐了，吐完以后就发起烧来。我们只好暂时取消行程。

我一个人躺在二楼正对着一条河的客房里，窗户开着，能听到主人小儿子的鞋踢在石子上的声音。小融光着脚走进来，拿一把椅子坐在我边上，问我要不要看电视。她告诉我女主人去请医生了，叫我好好休息。这让我想起了禾蒂拉。

我告诉她我想接着听昨天的故事。

她放下遥控器，不紧不慢地继续讲。

她每次说到故事里的人名时，都好像在说自己的朋友似的那样亲切。我认真听着，不时喘一口粗气。

阿纳龙直到二十六岁都没有结婚。

寨子里倾慕他的女孩不少，但他只对禾蒂拉动过心。他和禾蒂拉的关系忽明忽暗，让人摸不着头脑。他们就像两只老鹰一样。我突然这样想。禾蒂拉同前夫离婚时，前夫留给了她十只羊和几匹马，那几匹马又生了两匹黑马。羊早就都死掉了，因为禾蒂拉既要照顾两个孩子，还要接诊病人，无法好好照看它们。况且，她压根儿没有照顾羊的经验，结果它们一只只都染病死了。知道这件事以后，阿纳龙抱了几只小羔羊去禾蒂拉家里，但禾蒂拉没有接受。阿纳龙把它们养在自己家里，但是作为禾蒂拉的羊养，没有要她一分钱。阿纳龙的母亲生有很严重的喉疾，每天都要吃禾蒂拉调制的药。阿纳龙帮自己养了几只羊后，禾蒂拉也不再收她母亲的药钱。

每天日出之前，禾蒂拉让小德把家里的马牵到阿纳龙家里，每月初在马鞍上绑一个口袋，在里面放几块钱，作为阿纳龙牧马的报酬。这钱阿纳龙后来也从没有收过。

阿纳龙不常去禾蒂拉那里看病，他很少生病，他是火一样的人。他想过去禾蒂拉家提亲，少年时代的懵懂依旧没有消失。他不在乎禾蒂拉年龄比他大，丝毫不在乎。其实，禾蒂拉世代作为寨子里的医生，与首领家结亲是很好的事情，大家都会很开心。阿纳龙两年前向母亲提出这件事了，母亲一口就否决了。阿纳龙问她为什么，母亲说他以后就明白了。这两年里，禾蒂拉其实是喜欢阿纳龙的，也看出了阿纳龙想娶她的心思。

一次，阿纳龙的一个弟弟和小德打了架。两个孩子都十二岁上下。阿纳龙的弟弟把小德按压在地上，狠狠敲了他的脑袋。小德的额头破了一个一厘米多点的口子，禾蒂拉给缝了针。阿纳龙抄鞭子打了弟弟一顿，问他为什么要打架。弟弟说，他说胡话，说你要娶禾蒂拉那个老女人做媳妇，我才打他的。阿纳龙听了非常震惊，他想到母亲是不是也是这样想的，才不允许他娶禾蒂拉，于是撂下鞭子赶紧跑到了母亲屋里。

“你不爱她，阿纳龙，是这个原因。”母亲告诉他。

阿纳龙一路想着母亲的话，去禾蒂拉家替弟弟道歉。他看着她，她也看着他。他突然懂得母亲说的话了，他们两个人的故事到这里也就结束了。

“讲完了吗？”我惊诧地问道。“怎么可能，还有很长很长，我们必须压缩一下，不然这故事看来是讲不完了。”小融说。

这时，医生敲门进来了。

他的头巾上挂着露珠，背着一个镶着黑皮的医疗箱。这是一个看起来五十岁上下的男人，但也许只有三十岁，我听说草原上的人会显得比自己的年龄老一些。他检查了一下，迅速帮我开了几包药放在床头，其中一包女主人已经拿去熬了。他好像还有其他病人等着医治，提着裤腿大步离开了这里。

我真想问问他是不是知道有一个漂亮女人叫禾蒂拉，跟她一样做医生。小融也不知道什么时候出去了，我自己一个人待在房间里，有些落寞。我摸了摸自己的温度，我觉得比刚才好一些了，于是坐起来拿一本书。

“真是不好意思，因为我和小融忘记了午饭的时间。”女主人就把饭端到房间，并说他们已经吃完了，让我们安心吃。这顿饭简直吃得生出一种罪恶感来，就好像断头台上的犯人被刽子手问有没有什么最后的心愿一样，非常令人难受。

为表示歉意，小融饭后去帮女主人收拾厨房，但女主人根本不让她进，小融只好坐在餐桌上望着她忙碌。她发消息给我，说如果我还有点体力，就下楼聊会儿天。

我下去了。喝了一杯茶，女主人烤了土豆，同我们一起坐在玻璃走廊尽头的一张圆桌上。我和小融都是话痨，总是喜欢问东问西，像调查员似的。女主人说她除了家里这一个三岁的小儿子，和一个几个月大的女儿，还有三个儿子。我们都被吓了一跳，因为她看起来只有三十岁，也许是我眼神有问题，估算人的年龄一向不是很准。但可以肯定的是，这个有些丰满又迷人的女人不会超过四十岁。

她说她的三个儿子都在外面打工，很少回家。她说起他们时脸上没有忧伤，好像对这种生活方式已经习以为常了一样。

我们没有吃晚饭，一直散步到太阳落山，我很疲倦，又躺在了床上。

我从前一直觉得小融很像我的姐姐，这次生病，我更觉得像了。她照顾人很有一手，让人心里暖暖的。小融家境比我好，不像我家里总是负债累累。她总是掩藏自己，但我能一眼看出她是个对生活百般无奈的人。不，不应该这样说。不知道从什么时候开始，我们不再一起逛街了，每当我们两个人聚在一起，我们都不约而同地去到偏僻的角落里。有时什么也不做，什么话也不说，有时也像在学校里那样开玩笑，不过我们都觉得很无聊。

她的生活一团糟，就像我的一样，不存在悲哀之处，因为就是悲哀本身。现代化的幸福实在过于像梦境，只有藏匿起来时，才能体会到生命的快感。

散步回来后，小融继续讲她的故事。

其实，阿纳龙是很喜欢像禾蒂拉的前夫一样独自待着的。但他也喜欢聚会，喜欢篝火和挤满大口喝酒的男人的帐篷。这其实就像我们在城市里的人一样，都是一样的，我们偶尔需要一些时间独处，思考或放空脑袋。阿纳龙也是这样，这是我们少有的相通之处。小融说到这里会心一笑，露出两个小梨涡。

阿纳龙很少坐祖辈坐的高椅。那是一种略高的铺着十层丝绸的高椅，没有靠背，丝绸下面是一个神秘的大木箱子，专门给首领坐的。他只有在讨论重大事情时才会坐上高椅，其他时候，他都隐没在大家中间，甚至在角落里很少说话。他就是这样一个人，严肃时不容置疑，年轻时也倔强，做了五六年首领后，渐渐变得十分稳重了。

一天，阿纳龙独自在雪山脚下牧马。从那里望向寨子，会让人不禁感叹生命的渺小。他唱着父亲教给他的歌谣，歌声穿过一座两座三座小山丘，可以直传到妈妈的耳朵里。

北面的天空发出隆隆的响声，黑云立马压了过来，不过几分钟就会蔓延至阿纳龙的头顶。可彼时阿纳龙正陶醉于远处河对岸一头母牛优哉游哉的步伐。他盯着那头牛发呆，他真的在发呆，不然他应该会在脑袋中产生这样的想法：这里没有放牛的人家，为什么会凭空出现一头牛？

远远看去，那头牛的背上系着一条猩红的丝带，迎风飘出，像火红的浪花，随风一下下打在牛背上。那抹红吸引着他，缓缓向河边走去。

他骑着一匹白色的马，那是他的坐骑。它也叫阿纳龙，是他自己给起的名字。阿纳龙像阿纳龙一样，是匹不折不扣的烈马，但也有它温驯的时候。阿纳龙骑着阿纳龙漫步到河边时，一下子从发呆中清醒了过来。他突然觉得心头一紧，好像喉咙就要吐出什么东西来了。

眼下，那头牛静静地待着，牛背上竟伏着一个蜷缩成一团的女子。自己刚刚看到的红丝带，是女子手中紧紧握着的五支鲜艳无比的花枝。花蕊和花瓣一样是红色的，根茎很粗，一支有五十厘米那么长；没有花苞，每一朵花都绽放着。女子穿着一身白丝绸，胸脯紧贴着牛背。若不是她手中的五枝红花，谁也不会发现这个娇小的身躯。

从西北角倾斜而下的暴雨已经在北面下开，落在雪山顶上。阿纳龙得回寨子带领大家给屋子搭盖雨棚去了。再耗上一刻钟，暴雨就要下进锅灶和被褥去。阿纳龙掉转马头，又一拉缰绳，跨过小河去了。

他觉得奇怪，这实在太奇怪了，他不禁觉得自己是不是碰上了什么不干净的东西。时不待他，他没再多想，只当作这女子是谁家顽皮的孩子，暴雨要来了还在牛背上打鼾。

“丫头，回家去。”

阿纳龙还是回来提醒了一下。他用马鞭轻轻地抽那头牛一下。他临走之际，女子才轻轻地抬起了头。雨还没有下，但狂风中已经带了些水滴，再加上光线昏暗，阿纳龙只好再靠近她一点。他们之间的距离只有三四米时，那女子朝他这边看了一眼，这一眼，让阿纳龙一下子愣住了。

他先是被什么粉色的光亮闪到了眼睛，那是女子肚皮下藏着的一双玉手上的珠宝发出的。一双戴满珠宝的手，他想，他们这里的女人爱惜自己的手胜过爱惜自己的生命。但就算这样，阿纳龙也从未见过如此纤长光滑，几乎看不出纹理和骨骼的手。她不是这里的人，阿纳龙预见了这一事实。她的眼睛扑朔迷离，瞳色略浅；一方透明丝巾下若隐若现的粉红嘴唇，露在外的几颗牙齿像稚童的乳牙。阿纳龙再一次觉得喉咙里什么东西要出来，但他说不出一句话来。他端详着她，她的脸蛋有些白，神色也不太健康的样子。阿纳龙有些担心她，又有些期待着能再次见到她。

他不能再耽误了，天气是不会等人的。他快马加鞭回到寨子里，算是赶在暴雨来临之前搭好了棚子。

雨持续了半个小时左右。

阿纳龙坐在后院的帐篷里，帐篷里下雨时非常闷热，透不上来气，阿纳龙解开了腰带。他剥去上衣，要掀掉一层层的裙裤时，听到窗外急匆匆的脚步声，于是又提上了裙裤，只是上衣还没来得及穿上。

一个族人撩起门帘匆匆进来，举高门帘，第二个人浑身湿漉漉的，抱着一件不在这个季节穿的外衣。他走进来后把外衣轻轻放在火炉前的地毯上，打开它。阿纳龙走过去看，上衣里裹着一个满脸通红的女子，阿纳龙一眼就认出那是刚刚伏在牛背上的女子。

族人们告诉阿纳龙，他们在回来的路上耽误了一些时间，恰巧看到女子倒在山丘上，于是就把她背了回来。“若不是我们救了她，她会死在外面的。”其中一个说。他们气喘吁吁，等着阿纳龙出主意。

“这丫头看着快不行了，烧得厉害，把我的胸脯都焐热了。”抱来女子的人说。

“去叫妈妈来。”阿纳龙吩咐道。

阿纳龙用食指指背放在女子的脖颈上，一股热流涌到他的手指。她紧紧闭着的眼眸来回转动着，偶尔喘出粗气，像是在做噩梦一样。帐篷里的三个男人都默默地望着她，用悲伤的目光，不时倒吸一口凉气。她如此烫。阿纳龙轻轻拉开一些裹着她的袄子，看到她手里依旧紧紧攥着那五枝艳丽的红花，想替她先取下。但他越想掰开那只手，女子抓得越紧，很难让她松手。

“这是哪里长出来的花?”阿纳龙的妹妹先进来了，阿纳龙在她身后问其他几个大汉。

“没见过这样的花，问女人吧。”其中一个说。

“你们出去呀!”妹妹转过来喊了一声，她已经开始给女子换衣服了。阿纳龙他们灰溜溜地到帐篷外面去了。

不一会儿，阿纳龙的母亲来了。阿纳龙拜托她带着女子去禾蒂拉那里，或让她来到家里。母亲没有说话，掀起门帘走了进去。十几分钟后，阿纳龙看到禾蒂拉从前门进来，提着一个大药箱。他这才放心了。阿纳龙知道禾蒂拉会拿出甚至不舍得给自己用的药材来医治女子。寨里来了一个陌生人，这样的事情马上会传开，她又这样大病着，女人们自然会相继来帮忙，送来自己的心意。

这实在没什么阿纳龙好操心的地方。想到这里他撇撇嘴。

在这片草原上，人们对草原忠实，更彼此忠实。他们过着的生活在城市人看来是艰苦的，是闭塞的；但在他们自己心里，是犹如在神明左右一般的有着天伦之乐的生活。他们用呼麦和酒水为自然欢呼，又用有力的臂膀与腰间的大刀与自然相杀。世界的纷繁变迁与他们无关，他们只关心天地和气候，娶妻生子和神明祭祀。脚下的土地直接滋养着他们进行这些活动，并输与青年以勇敢和无畏，输与少女以美貌和智慧。阿纳龙是无比自豪的，为他的寨子。

三

第二天我依旧很虚弱，吃的东西倒不是有多不合胃口，总之都吐出来了。医生来过一次，说我还不宜下床走动。我想是昨天晚上气温很低，睡觉时把胳膊放在外面导致的。

吃过午饭后，小融说要骑着阿吉的摩托车去湖边。我求求她带我去。

我在后座紧紧抱着她，因为车速没有多快，我们没有戴头盔。我的脑袋嗡嗡直响，如果不是小融的身体够温暖，我可能会被冻晕。

回来时女主人去喂牛了，我们去帐篷里喝茶，她的小女儿躺在床上，也不哭，就那么蹬着腿，偶尔看看我们。

“看看我们吧。我们看她，她也看我们。”小融说。

我们都是女孩子，却如此不像。

我一直想着没有讲完的阿纳龙的故事，催促着小融。我们回到自己的房间，这天剩下的时间，我们都是和阿纳龙一起度过的。

那之后有一阵子，女子都住在阿纳龙家里养病。

阿纳龙家里有七八个房间，她住在西面的第一个。那是一个扁长的房间，前后有两个门，一面不大不小的窗户开向走廊。她住进那里以后，一天中的大多数时候窗帘都合拢。阿纳龙每天去餐厅时，都要经过这扇窗户。他小心地走过，怕吵醒她。有那么一次，窗帘就那样敞着。在玻璃反光下，阿纳龙看到她坐在一条牦牛毡上，端着手炉，穿着妈妈的一身衣服。他和她目光交会，他立马低下了头，到餐厅后竟后悔起来，觉得自己太没有礼貌了。

等到下次，一定要打个招呼。他心想。

他就这样等着，女子是很少拉开窗帘，而自己是整天奔波在外。阿纳龙想想觉得非常好笑，明明她住在他的家里，而他是一家之主，却从没有说过一句话。甚至，你明白他有多焦急吧，他俩甚至连互相打个招呼的机会也没有。

有一次，阿纳龙听到女人们正在讨论她。他若无其事地问她们："她手里拿着什么花？叫什么名字？是哪里的人？"一连串的问题惹得几个女人捂着嘴笑起来，互相说着悄悄话跑开了。

阿纳龙要去镇子里一段时间。

他希望回来时，女子的病已经好了，可是，如果她好了，是不是就要离开了。这是一种阿纳龙从来都没有过的恐惧，他开始搞不清楚自己为什么害怕起来。他还没有跟她说过话，也不知道她是谁、多大年纪、家住哪里。她是一个陌生人，还是寨子外面的人，按理说她走了，也不是受不了。

“受不了？”阿纳龙自己大笑起来，为什么自己会想到这样一个词语。

一周左右后，他回来了。母亲带着几个弟弟妹妹骑马来村口接他，只有一个弟弟没有来，他替阿纳龙牧马去了。他和家人们拥抱。

这是晴朗的一天，艳阳高照。河流映照着蔚蓝的天空，地平线呈现深绿色，草原上的一切一览无余。阿纳龙被几个前辈拦在路上，要他同他们一起去远山打猎。

“我们等你等得太久了。”他们说。阿纳龙推托说母亲做了热饭，得先回家一趟。他现在可只想回家。几个前辈非常恼火，开玩笑地骂着他。

阿纳龙走到家门口时，望到院子里女子的那身白衣出现在院子里。她还没有走！阿纳龙踌躇地走过去，但原来只是衣服被晾晒在外面，这让他觉得有些失落。

家里根本没有热饭，二十分钟后才开饭。他待在自己的房间里，十分钟后下了楼。母亲正在房间里同她说话。她看起来好一些了。阿纳龙路过时，女子朝他微微一笑，他不失分寸地点点头，也回应了一个微笑。吃饭时，阿纳龙见母亲给她打饭，伺机问她女子的情况，她的病怎么样了，她们在屋子里说了些什么。这是他第一次向母亲打听她。该不会就是因为这么久才第一次问，最近家里的气氛才怪怪的吧。“失策呀，失策！”阿纳龙在心里责怪着自己。

母亲抬头看了他一眼，若无其事地说：“你自己去问她不行吗？”

随便扒拉几口后，阿纳龙出门去打猎。他心情舒畅，无心杀生，只打下了几只毛腿沙鸡，便提早在晚饭前回了家。

他敲门的时候，她已经吃完饭了，正用火钳在地上拨弄着砖缝里的土。

他突然想起自己这次走前一个婆婆说的话，她说谁都没有见过女子手里拿着的那种花，没一个人见过。她还说她的身体不像我们一样百毒不侵（这里说的是寨子里的女人），夜里体温不稳定，经常从睡梦中惊醒。“她不怎么愿意说话，我们也没再问她是哪里人，也许是个可怜的孩子也说不定。”她最后叹了口气。

阿纳龙当时听了这一番话，一方面为女子受尽病痛的折磨而伤心，另一方面又激起他一阵莫名的欣喜。到底为什么要感到高兴呢？也许她不愿说话，是因为不想回家去，阿纳龙是这样猜测的。不想回家何不留在这里，嫁我们这里的男人。阿纳龙想着想着，突然涨红了脸，他随即扬起马鞭，让日出前的冷风吹散他这些想法。

她面容依旧有些憔悴，阿纳龙觉得。她见他进来，抬头瞧了一眼，又立刻低下眼睛。房间里有一种很不一样的味道。那五枝花插在一个花瓶里，摆在床前的地上，还盛开得很好。也许就是它们发出的味道。阿纳龙望着女子，她又抬头看了他一眼，然后等着他说话。她的表情有些慌张。阿纳龙觉得她有一种非比寻常的气质，就像那五枝红花一样，好似来自遥远的异国。是的，她长得不像这里的人，更深情，更大胆一些。房间里火烧得很旺，要比外面热一些。阿纳龙一步步稳健地走向她。

“我叫阿纳龙，你叫什么名字?”

阿纳龙自然地把手伸向炉火。这样草率地说出他们之间的第一句话，阿纳龙觉得自己的舌头真是糟糕。但他依旧从容不迫，面不改色。

“我叫莎里儿。”女子出乎意料地回答了他。

莎里儿，好像在哪里听过。真好听的名字呀！阿纳龙想。阿纳龙正要正式问好，莎里儿便掀起一点毯子，好像要下床来。

“你做什么去？你不必下来。”阿纳龙赶忙说道。

他的舌头现在好像打了结。但女子好像并不是为了行礼，她虚弱地伸手够桌上的一个小方木盒，阿纳龙快步走过去递给了她。

“阿纳龙，你是这里的首领，你真年轻。我叫莎里儿，你好，阿纳龙。”她终于笑了，他悬着的心也放下了。她说话声音很轻，温柔极了。

妙不可言。阿纳龙的心情妙不可言。他不觉得她像大家说的一样不爱说话，相反，他觉得眼前这个女子很善于交谈。

“我喜欢这个地方，也记不起自己是从什么地方来的。”莎里儿抱着方盒，说前半句话时，她的嘴唇微微翘起，可到了后半句话，一双醉人的眼睛再也不可抑制地开始落下一颗颗泪水。

她默默地流着眼泪。阿纳龙假装没有看到，他不知道该怎么办。他在心里问着她：我的好莎里儿，你为什么要流泪？

阿纳龙没有回应。

一会儿，她抹去泪珠，叫阿纳龙过来坐下。阿纳龙立马坐在了床边。他看到眼前的女子如此伤心，几次想要握住她的手，叫她不要这样难过。不过他实在怕吓到她，最终还是忍住了。莎里儿把她怀里的方盒打开，推到阿纳龙的手边，阿纳龙看见里面装着一些价值不菲的首饰。她让阿纳龙收下，问他这里是否可以收留她。

阿纳龙一脸惊愕地看着她，久久摇起头。她以为自己遭到了拒绝，几乎接近绝望，眼下阿纳龙看她又要掉眼泪。

“我的家人，你已经是我们的家人了。莎里儿，这些东西我们不需要，你留着自己用吧，我们这里的女人每人都有许多首饰。”阿纳龙激动地说。

莎里儿笑了，可以说莎里儿破涕为笑了。她笑起来更显得动人。阿纳龙想，就是在那一刻，他彻底爱上了莎里儿。在那一刻，一切都变得不再重要了。自从她来到这里以后，阿纳龙每天都会积攒几个要问她的问题，可现如今这些都已经不再重要了。阿纳龙不想再和莎里儿说什么、问什么（实际上他们的对话确实到这里就结束了）。是那种感觉吧，阿纳龙现在只想一个人待着，不想见任何人，他想独享这份快乐。“莎里儿！莎里儿！”他这样小声在房间里叫着她的名字。他一会儿合十双手祈祷，祈祷他能尽可能多叫莎里儿一天，他想要的只是能多看到她一天，叫她的名字，仅此而已；一会儿又见他迅速起身，在屋子里踱步，总觉得莎里儿已经离开了寨子，现在追也来不及了。

他对这个陌生女子的感情突然被点燃，有些呼吸急促。阿纳龙，这个天真的孩子，他久久不能入睡。

讲到这里，小融慢慢闭上了眼睛。我拍拍她，她回应了一声。

“就是这样一个简单的爱情故事吗？”我问她。她没有回答，好像已经睡着了。

四

这是天气极好的一天，我在日出前便醒了，没再睡得着。

我轻轻跳上小融的床拉开了一点窗帘，一只飞蛾正停在窗户上，见我拉开窗帘，它跑到我们的床头上盘旋。

我什么事情也不想，把胳膊放进被子里，望着窗外。我还是想了一些事情的，我想到我们还有三天就要回到城市里去了，回去以后，大学志愿也就差不多要出结果了。

小融写得一手很好的书法。我们是那群没有赶上高中毕业的艺考生，毕业典礼那天她去高中待了一个小时，而我连高中毕业照都没有照。她从学校离开得比我早一些，在我快离开的时候，她来看望过我一回，顺便取一些东西。那天，我们坐在体育馆北面的楼梯上，那是一条很长很宽的楼梯，伸向蓝天。风很大，我们在热风里说着要拼搏高考的话，非常激动。突然，她望向我，我的两只胳膊撑在楼梯上，从这个角度看，她正嵌在学校围栏后面的绿叶中。那时，我也安静地望着她。我想我明白了她的意思，于是就有了我们的这次旅行。

刚到草原时，没有谁比她更快乐，要离开时，也没有谁比我更难过。

我想下楼走走，身上披着一条大厚毯子。

天已经有些蓝了，土地松松的，有几脚我踩空了。阿吉坐在朝向公路的台阶上，旁边坐着他的小儿子。他们正望着公路对面的草原发呆。他穿着一件短款皮衣，双手插在口袋里，没有戴帽子。

“早安，你们起得真早。”看到他抬头看我，我赶忙说。他笑了笑，小男孩跑了过来，他穿了一双会叫会闪的鞋。阿吉过来把他抱上摩托，爷儿俩就走了。好像是去打羊奶什么的，我看到摩托上绑着两个空桶。

我回去的时候，小融已经醒了。五点四十分左右，我们去看了日出。

自从开始打扰阿吉一家人以来，我们从来没见过他们用任何电子产品。今天看到了，女主人正在看手机。手机在他们生活中扮演着什么样的角色呢，我很好奇。他们也是大数据中的一员吗？但我没有问。

我没有吃早饭，一直在发抖。并不是因为寒冷，而是觉得筋疲力尽。

今天也不外出的主意是小融提出来的，她看起来精神像往常一样好，但也许是担心我，才做出这个决定。午后天气很热，我们吃了两块冰糕，小融问我要不要继续听阿纳龙的故事，我用力点点头。

她说那么明天就不讲了，我问她为什么，她说，就结束了。

阿纳龙的寨子里有一条河经过，出了寨子不远处也许还有一两个湖泊，又因为接近雪山，在草原上，那是一块宝地。

不知不觉，莎里儿来到这里已经有一个多月了。那时雨季就要结束了，上午男人们留在家里看孩子，因为寨里的女人们要去采黄蘑菇。莎里儿的病已经接近痊愈了，她主动提出想加入她们的队伍。女人们并不排斥她，尤其是禾蒂拉，她非常喜欢她，她反对让莎里儿去采蘑菇，她说，你们看她的手，再看她的脸，风一吹别给吹破了。

她们每天就是这样开着简单的玩笑，也能生活得异常舒适，真让人有些嫉妒（小融说这话时假装高傲起来）。

她们已经听说莎里儿决定一直住在这里，年轻的女孩们对她充满了好奇，老女人们则时刻观察着她。可惜莎里儿的行为举止怎么看也不像是什么坏女人，她一定像什么超然的动物，或者像孩子，听说她的眼睛比泉水还要清澈。

一些中年妇女替她想营生，其中就以禾蒂拉为先一号。她年龄不算大，可离婚的经历让她对人生的活法更加游刃有余。她们让莎里儿去镇里借马种，又让莎里儿先卖一些首饰去买帐房，她们都想让莎里儿的家离自己家近点，不一会儿又吵成一锅粥。又有人说起让人害羞的话，说莎里儿不如就住在阿纳龙家，嫁给他当老婆比什么都好。女人们逗着莎里儿，看她脸涨得通红，她们就大笑。这当儿已经没人在乎禾蒂拉的脸色了，她们早就知道她跟阿纳龙已经分手了。禾蒂拉也摊摊手，说："那还在这里做什么，散了去奶孩子吧。"大家又大笑起来，接着，人们就唱起了歌。

女人们都喜欢莎里儿，男人们也一样。

他们上午留在寨子里，但没人乖乖待在家里。雨季后，男人们把喝酒的时间调到上午，因为晚上他们陆陆续续要出寨子，把上午女人们摘来的黄菇送到镇子里。他们喜欢这段自己的女人外出的时间，一方面少了喋喋不休的唠叨，另一方面，平时她们在时要悄声细语说的话，终于可以亮堂堂了。

阿纳龙早上依旧去放牧，不过有时也交由两个弟弟做。他们俩正值青春期，对“男人”做的事情都异常热情。这时阿纳龙当然是和大伙儿一起，去寨子周围捡捡鸟蛋。实际去捡鸟蛋的次数很少，也许一周只去那么一两次。他们也不赛马，赛马有女人在才更好玩。他们时常群聚在阿纳龙家里，在他家后院外的帐篷里，那是寨子里最大的帐篷。孩子们在街上肆意追闹，他们也不管。这是他们最快乐的娱乐时间，喝酒喝奶，喝完就脱了上衣一起唱歌跳舞。

有时，女人们蜂拥着回到寨子里时，他们还没有结束。这时，免不了都会一个个从阿纳龙家被骂着带回家去。

莎里儿总走在摘黄蘑菇的队伍的后面。她穿着和其他女人别无两样的轻便衣服，为了方便采摘，她们把裙子换成了裤子。她的裤腿微微卷起，用两条乳白色的丝巾绑着，露出白皙的脚踝；头上戴一顶阿纳龙母亲送给她的女式草帽，拉绳紧紧扣在胸前，随着有些局促的喘息起起伏伏。因为雨季后草地里蚊虫较多，女人们把寨里子的公物——一双带松紧的皮手套送给了她。莎里儿不愿意戴，因为戴着她根本没法采摘。所以，你可以看到那双手套搭在莎里儿的一只肩膀上，像搭毛巾似的。

其实，这俨然就是一副村姑的打扮，但极美。

莎里儿每次回来时，脸上都沾些泥土，可无意间显得她更加可爱了。她见了谁都要微笑，见了阿纳龙也笑，只不过笑得也许更加开心。她时常举起她手里的袋子，示意阿纳龙过去看。其实，她摘的黄蘑菇跟别人比很少，但每天都会增多一些。她把它们全都送给阿纳龙，用以感激这段时间对她的照顾。虽然微不足道，她说。

阿纳龙每天都等着自己心爱的女孩回来，有时他溜出帐篷去前门探望，又去客厅瞟一眼时钟。虽然他知道她在外面被照顾得很好，根本不会有什么危险，但他就是忍不住要担心她。

男人们在平时很少说到莎里儿，但女人们不在时，谈话中经常会提及她，他们说阿纳龙太狡猾了。但有一次，气氛突然严肃了起来。

是一位老者告诫阿纳龙说："我们可以让她和我们生活一起，但你得告诉我们她原先住在哪儿，是哪片草地养出来的人。这样对莎里儿姑娘也好，不是吗?"

阿纳龙不再说话，他显得十分犹豫，不愿开口。其实，他自己也不知道。他有点自责，觉得自己是有些过于被感情所左右，而没有替莎里儿着想，替大家着想。阿纳龙已经深深爱上了她，但如果莎里儿愿意回家去，他能拜见她的父母，他当然会更加开心。即使他们不喜欢阿纳龙，不愿意让女儿嫁给他，至少他们能继续替阿纳龙关怀她。阿纳龙正想着这些复杂的事情，大伙儿都在等他说话。

这时，另一个男人抢先又说出一句话，这回，阿纳龙的心情变得更加沉重。

“那女子怕不是哪里逃出来的公主吧?”那个男人说。

他们纷纷讨论着，觉得他说得有道理。莎里儿确实像个公主，而且阿纳龙自己也觉得她的名字好像在哪里听见过一样。

如果她真是个公主，那我恐怕就没法娶她了。阿纳龙心想。

这时，他的一个邻居用拳头抵住他的后背，在他耳边悄悄说：“藏着她做你的老婆吧，阿纳龙，管她从哪里来，只要你喜欢她，就无须管那么多。”

阿纳龙没有说话。

秋季将至，草原上寒风凛冽，生命的气息愈来愈淡薄了。女人们也开始讨论莎里儿是公主的事情，甚至有人说，她曾经见过莎里儿。阿纳龙去找这个人，她说她确实隐约觉得见过莎里儿，只不过想不起来了。

阿纳龙决定找莎里儿聊一聊。

他第一次感觉自己像沉入了海底，想游回海面大口呼吸，又因沉得太深，觉得泄气。

莎里儿依旧住在他家里，她很想像禾蒂拉说的一样，去镇子里卖掉她的首饰，买一个帐房回来自己住。她跟阿纳龙的母亲讲了这些，实在觉得不宜这样长久打扰下去。阿纳龙的母亲让她不要放在心上，还需要更多时间适应，等她真的有能力自己活着的时候，再出去也不迟。阿纳龙去过她房里几次，说了几句问候的话，不一会儿就出来了，他觉得那个房间里的空气实在苦涩。

一天，阿纳龙和表弟西万骑马漫步在离家很远的草地上。西万和阿纳龙年龄相差一岁，但西万的面孔相较阿纳龙要白嫩一些。夕阳西下，云层堆积，草原又将迎来一场雨。雨季已经结束，这也许是今年最后一场雨。

阿纳龙打发表弟回家搭棚，想独自在雨中消解苦闷。

如今，寨里谁都能看出阿纳龙正为情所困，表弟没说什么，掉转马头准备回家。哥哥这副样子，做弟弟的也不禁郁闷起来。也许是想让阿纳龙回到从前无忧无虑的样子，他又回到了阿纳龙身边，提议说，时间还早，不如赛一次马。他们哥儿俩已经很久没一起玩了。

阿纳龙取下大刀丢在地上，他们用手指出终点，是平时赛马时很少规定的一座山丘。距离是略远了些，但这也就意味着更得快去快回。西万习惯于自己喊倒计时，然后提前几秒出发，阿纳龙没有阻止他，就让他赖皮。他们光着膀子伏在马背上，大口呼吸，高声呼喊，不到半分钟西万就到达了终点。阿纳龙显然没有放开身手。

哥儿俩互相夸赞着，准备一道回家。这时西万的目光突然止住，指向远处一片低地。

“是莎里儿。”

他说，用手指示意阿纳龙看向那里。不等阿纳龙发问，西万就眨眨眼睛策马走了。

阿纳龙向低地走去，他远远望见一个穿褐色衣服的女人，头戴一顶红高帽，肩头很窄。她正提着厚重的裙子，匆匆地向前走。他一眼就看出那是莎里儿。他缓缓走过去，因为马没有上鞍，所以几乎没有声响。莎里儿最终是看到了地上高大的影子，一脸惊慌地回过头来。她看到是阿纳龙，表情凝固了一下，转过头去继续赶路。

“你去哪儿?”阿纳龙问，莎里儿没有回应他，只是摇了摇头。

阿纳龙就这样一直跟在她的后面，他们彼此沉默着，都不知道对方在想些什么。突然，天空中传来一声闷雷，莎里儿停住了脚步。

“你快回去，不要管我。”莎里儿走到他的马前，用力扭转他的马头。

“可要下雨了，你会冻死在草原上的。”阿纳龙说，“你哪儿也去不了。”

莎里儿这次没有像往常一样对他微笑，她看上去有点生气，闷声不响地继续向前走。阿纳龙没有再说话，其实他也想说些什么，他知道莎里儿这是要抛下他走了。如果他能想出什么办法留住她，那是再好不过的，可阿纳龙脑海里没有什么讨好女孩子的点子。真是可恶，他心想。他看到莎里儿的身影渐渐离开，他不允许她这样做。他唯一能做的就是——拦腰把莎里儿抱上马。他确实这样做了，莎里儿在他的怀里挣扎着，阿纳龙在她转过头来时，蓦然看到她的脸颊上，一颗颗硕大的泪水翻滚着。那是他第一次尝到爱情的苦难，好在他的爱人还没有离开他，他为这一刻感到庆幸，紧紧抱住了她。从那时起，阿纳龙就下定决心，无论如何，都要让莎里儿幸福。她成了他生命的意义。

可上天不眷顾任何人，也没有眷顾善良的阿纳龙。

国王的信件证明了莎里儿是个公主。在信中国王指出，在几个月前，她的卡塔公主在婚嫁途中，途经这片草原，不幸走丢。在女儿走丢的这段时间，国王和木塔力王子都非常担心，如今知道了卡塔的下落，非常开心，感谢照顾，不日就会派骑兵来接她。信中夹着一张卡塔公主的画像，从她怀里那五枝花来看，卡塔无疑就是莎里儿，而那个木塔力王子，很可能就是莎里儿的未婚夫。阿纳龙听说过他，他是个不错的小伙子。

信很简短，写得很客气，是镇子里的信差亲手交给阿纳龙的。听说是国王的信，那片牧区一下子陷入躁动中。即便国王离他们很远，牧区里最老的老头子也没有见过他，但人人都觉得，这是不得不谨慎的事情。阿纳龙接到信时，信差偷偷告诉他，骑兵早就来过一次了，是七月十三日，不过没有等到卡塔公主。

阿纳龙还没有忘记那一天，是莎里儿的热泪和誓言，是他们在雨中的吻，是梦的开始。

无论怎样，不能等着国王亲自出马，因为到那时候，谁都不知道会发生什么事情。收到信的当天晚上，阿纳龙甚至想带莎里儿逃跑。母亲看得出他的慌张，自顾自流起了眼泪。阿纳龙在这泪光中看到许多东西，莎里儿的眼睛和自己的童年，寨门前的一把伞和血……无奈呀，这是没有办法的事，信差的声音再次在他耳边传来。夜里他睡不着，他听见什么人喊他的名字，又像是一群人在喊他的名字。“阿纳龙，阿纳龙。”父亲和莎里儿站在一起，他做了一场噩梦。

剩下的日子如果称不上噩梦，就是因为莎里儿还在他的身边。对于离开这里，莎里儿是冷静的，因为她并不对自己的漂流抱过多希望。她憧憬过，只能这样说。

莎里儿愿意陪着阿纳龙，虽然他有意将她推开，但莎里儿是坚定的。他们什么也不做，只是深切地望着彼此，他们无须言语，言语只会刺穿离别的悲伤。时间与他们无关，只是爱情的受苦日的凭证。

莎里儿走了，阿纳龙的母亲替她送行，除此之外，别无一人。寨里的人不喜欢送行，他们宁愿不说一声再见。送莎里儿的马回到家里，阿纳龙才醒过来。

草原变得苛刻起来，到处都让阿纳龙觉得硬邦邦的。他听说莎里儿画像中的红花是莎里儿的最爱，于是千方百计寻找花种。但由于莎里儿的故乡离这里太远，最终没有找到。他在院里种了些别的类似的花朵，寨子里的人见了它都想起莎里儿来。他们偷偷向阿纳龙的母亲借来种子，把花也种在自己家的院子里，甚至种在街上。孩子们用双手把红花捧在手里，用它在生日时许愿。

阿纳龙每天都思念莎里儿，他常常问自己她是谁，好像自己真的忘记了她一样。幸好他有国王的画像，那是莎里儿，那是他的爱人，她不是什么卡塔。走出这片草原，他仍然是莎里儿，她是不会变的，她带给这里的回忆，她轻轻来又轻轻走，他不记得她是个公主，那与他无关。这是莎里儿，这是我的爱人。

莎里儿走后几个月，阿纳龙生了眼疾，听说是长时间眺望导致的。

一年后，卡塔公主送来一封密信，要阿纳龙到牧区最荒芜的一处边境。阿纳龙去了，一个女骑兵交给他一个包袱，包袱里装着一个小婴儿。

这是一个男孩，阿纳龙给孩子取名叫仫艾，是“首领”的意思。在仫艾十二岁那年，阿纳龙从他身上看到了莎里儿的影子，他深深地拥抱了一下仫艾。对阿纳龙来说，仫艾可是上天给他的一个很好的礼物。但在今天，他也要离开这个礼物了。

他心心念念的，只有莎里儿。

他独自走了，带走了一匹马。后来有传言说卡塔公主死了，不过也有人说他们见到了阿纳龙在沙漠里游走，眼睛已经彻底瞎了。

五

最后一天，我们去了故事中的那个寨子。

我是不愿意去的，最开始我不愿意去，故事结束后我还是不愿意去。此时我甚至不想记录我们曾经到过那里。不过，这也是故事的一部分。

因为路程很远，我们没有骑马，而是租了一辆摩托。寨子如今叫红寨，街道明显要比阿吉家所在的镇子落后一些。有一所寄宿小学。

我们进到一家酒店，想问问寨子里的人关于阿纳龙的故事。酒店门口的椅子上坐着一个正在抽烟的女孩，二十五岁上下的模样。穿低腰牛仔裤，短发，戴着两个金耳环。她能听懂普通话，小融把故事简单地讲了一下。

她笑了笑，打电话给她朋友，叫她过来帮忙看店，带着我们去了她家。她不知道我们嘴里的故事，但愿意帮我们问问她的奶奶。

我们挤在一辆摩托车上，她夹在我和小融的中间。

“你们是做采访的吗?”看到小融的相机包，她问。

她的奶奶身体还不错，身材小小的，脸上很精神，她听不懂我们讲话。我们没有多打扰，看到奶奶摇头，我们就告辞了。

“我们走吧!”小融说。

从寨子里出来的时候，路过一片小湖泊，四周用栅栏给围起来了。我们坐在公路边吃了随身携带的午饭，便出发从红寨驶向机场。一路没有摩擦，草原在遗忘中渐行渐远。

“阿纳龙。”我在机场轻轻呼唤。

青年旅社

案件前期整理

2019年12月24日凌晨3时08分，襄平市某区发生骇人听闻的小型火灾事故，事故导致两人死亡、一人重伤。火灾发生地点为一处青年旅社（太阳青年旅社）。

2019年12月27日，经法医鉴定：一名死者（旅社老板）的死亡原因为吸入式窒息死亡，而另一名死者（陈小姐）则是在火灾发生前就已经身亡。经查，火灾残留物中含有少许汽油成分，事故被初步判断为故意纵火、故意杀人的刑事案件。

12月28日，死者陈小姐的家属提起刑事诉讼，初步嫌疑人范围为12月24日当天住在太阳青年旅社的所有人员，其中包括未成年人小A和小B、旅行家和餐厅工作人员陈帆（化名）。

2020年1月4日

四名生还者中，未成年人小A由于重度烧伤，处于昏迷状态。其他三人接受审问，均表示对火灾原因和陈小姐的死因毫不知情。

2020年1月8日，经查，死者（青年旅社老板）的死亡位置是房屋厕所，他本有机会逃脱的，但火灾烧塌了房顶，正好挡在门前，阻断了他的逃生之路。另一名死者（老板女友）是在火灾前遭受重物击头致死，死后尸体首先被点燃，尸体燃烧引燃了周围易燃物品，导致房屋烧毁。

2020年1月8日，警方从现场针对死者陈小姐的犯罪工具中提取到当事人之一陈帆（化名）的指纹，并将其逮捕。面对警方的再三审讯，陈帆最终招认了杀害陈小姐的事实，另外两名当事人也先后做出独立口供确证了陈帆的杀人事实。由于当事人之一小A昏迷至今，由监护人王女士代录口供。

陈帆的口供

我叫陈帆（化名），1999年出生，身高180厘米，体重68公斤。我是襄平人，在朋友的餐厅当主管，我是来襄平找小B的。我和小B是去年我来襄平的时候认识的，当时就在一起了。我们说好，她在襄平把职高读完，我在餐厅赚钱，等她毕业了就来找我，我们一起在那边定居。

当天晚上我们在那家青旅订了一个房间，因为她说想住。我从来没有住过那种地方，出于她的请求，就只好同意了。详……细过程？我记不太详细了，可能只能想起来一点，我也被吓坏了，事情发生好一阵子了，我还不敢确定到底发生了什么……

晚上，大概过了12点的时候，屋子里（旅社）的所有人都聚集在了客厅，一起玩游戏。老板和老板的女朋友，就是那个陈小姐，我和小B，旅行家，还有一个小孩，跟我女朋友差不多大吧。从头讲？自从我们从旅社的门进来，我们就直冲冲地到了自己的房间。来的时候老板好像在餐桌上吃面，其他人我就没看到都在哪儿了。

因为大家好像都没有睡觉，我和小B也习惯了晚睡，所以他们提出一起玩游戏的时候，我们也没有拒绝。玩什么游戏？就是普通的游戏啦，总之玩着玩着，陈小姐就和小B吵起来了，吵得很凶。后来她竟然动手打了小B，我看到女朋友被打非常生气，就把花盆扔了过去。结果端端地砸到了她的脑袋，对，就是陈小姐，她就倒下了。我们再去看，她已经没气了。

可气的是我当时指间夹着烟去摸她的呼吸，我看她没了呼吸，吓得烟头就掉在了她的衣服上。场面很混乱，大家看到她死了，就都张牙舞爪地乱叫着，跑开了。我也非常害怕，愣在了那里，反应过来的时候，火已经烧到了无法控制的局面。

逃出来的确实只有我、小B和旅行家，因为小A，就是那个小孩，我们也不知道她跑到哪里了。我们在外面确实没有看到她，还去门口想再找找。可惜浓烟向外滚，根本进不去，进去了都得死，就先打119了。老板？老板他一直在厕所，从什么时候开始？就是小B和陈小姐快打起来的时候，我不太记得了，我被吓坏了。

小B的口供

我叫×××，2002年出生，在青旅附近的职高念书，机械工程专业。因为陈帆这次……怎么认识的吗？他有时会回到襄平来，我是在朋友的聚会上认识他的，通过别人介绍，发现性格很合适，所以当天晚上就在一起了。他也是襄平的，但高中毕业后就不上学了，在餐厅工作。有什么怪癖？他没有什么怪癖，对谁都很和善，工作也很努力。他不是那种……会杀人的人。他只是受不了别人欺负我，又加上运气不好，谁知道那东西扔过去，准准地就砸到了那女人的脑袋，她（抽泣）……她死得也太快了吧。

…………

他（陈帆）这次来得仓促，我还在上学，于是我们就在学校附近住进了那家青旅。是我提出来要住的，因为没有尝试过，所以想住着试试看。地方比我想象中的要大一些，有四个房间，我们的房间离客厅最远，离房子的门最近。当天晚上应该是每个屋子都住了人。

客厅里有一个餐桌，一个大书桌和一个帐篷。墙上贴着很多唱片和一些老板和别人拍的照片，还有一个书架，摆着各式各样的书。总之我觉得还好，要比酒店有趣。老板人也很好，还提前来接我们，因为那地方很不好找。

我们来得太晚了，而且已经吃过晚饭了，所以就直接回房间休息了。到了很晚的时候，有人提出一起玩游戏。谁提出的？我不记得了，这不重要，这我真的不记得。总之我们就同意了，因为也没有别的事情可干，大家都不认识，一起玩游戏也蛮新鲜的。我们就在客厅的餐桌上玩，嗯，所有人都在。玩的什么游戏？就是年轻人最爱玩的，也算不上游戏，不过是大家一起聊天什么的。聊些什么？什么都有聊到，自己的事，有什么爱好，哪部电视剧好不好看，还有哪个明星怎么怎么样。总之，都是些无关紧要的事情。

大家人都很不错，口气也都还好，唯独陈小姐，总是摆出一副她自己什么都懂的样子，别人说什么她都要质疑一下、反驳一下。刚开始我忍了，到后来我实在忍无可忍，就跟她吵了起来。她的脾气比我更大，伸手就打了我一下。

我们都没有想到她会动手打人，更何况我男朋友还在旁边，我本来就很生气，莫名其妙被打当然要起身还手，所以我们就在餐桌上扭成了一团。陈帆他，他就用桌子上的小花盆砸了她的脑袋，她立马倒在了餐桌上，太阳穴出了血。起初我以为就是……就是她晕过去了，但她一动不动的。（抽泣）陈帆再去摸她呼吸的时候……她已经没气了。

她当时是刚断气，如果就地做个人工呼吸什么的还有可能救活，但事情总是那么不如意，陈帆去摸她呼吸时，烟头掉在了那女人的胸口。等我们发现时，她的衣服已经着起来了。那剩下的两个人从开始看见陈帆杀了人，就一直在大叫，上蹿下跳的，再看尸体都着起来了，以为是我们要毁尸灭迹，都吓得不敢靠近，跑出了房子。陈帆看他们跑了，拉着我就追了出去。

老板？我真的不记得他当时在哪儿，他一定是在厕所，因为我跟陈小姐吵架时，他也不在。小A？那个妹妹，火着起来以后我就没再看到她，我们以为她肯定是看见着了火，就逃走了，谁会想到她还在屋子里。

我们都被吓坏了，因为又意外地着了火，我们以为就能把杀人的罪行盖住，就串通了旅行家说了谎。陈帆真的不是故意放的火，真的不是，事到如今我没有必要再隐瞒事实。我们也都还小，发生这种事情谁都没想到过，所以才想着把杀人的事情瞒过去，因为陈帆已经成年了，杀人的话可能会判死刑。

但这一切都是因为我，如果……如果我能控制自己的情绪，也许陈小姐就不会死，陈帆也不用平白无故地被安上一个杀人放火的罪名。当时我还想着把所有罪名都算在我自己头上，但陈帆坚决不肯，我没有办法。（抽泣）他真的是无辜的，你们去问那个旅行家，她不会说假话，我们之前都不认识她，她会告诉你们真相，我真的没有再说谎了，请相信我吧。

旅行家的口供

我叫×××，1989年出生，没有孩子，自从2016年结婚以后就没再工作了，开始世界各地到处旅游。我旅游基本上都是自己一个人，一方面丈夫工作比较忙，另一方面我也很喜欢一个人周游世界的感觉。

这是我第二次来襄平，第一次还是很小的时候父母带我来的。我旅行比较喜欢住青年旅社，那天晚上我来得比较晚。我来的时候吗？那时候客厅只有老板，他一个人，不记得在干什么了。我打了招呼，就回他指定给我的房间了。

晚上那些孩子要出来玩游戏，我那时已经洗漱完，准备睡觉了，但在大家的邀请下，我还是跟大家一起参加了。一共有六个人，我和住在我对门的一个小女孩，还有陈帆和她女朋友，再就是老板和他的女朋友。我不知道是不是青旅所有的人。

后来玩着玩着我就困了，在沙发上睡了一小会儿，我是被尖叫声吵醒的。陈小姐，就是老板的女朋友，她躺在桌子上，头破了，身上还着火了，其他地方也着了起来。我不知道发生了什么事，想先帮陈小姐扑灭身上的火，但陈帆告诉我她已经死了。

我当时脑子里一片空白，他们把我拉出屋子避火，因为哪儿都着起来了，再不跑就要被活活烧死了。在楼道里，我听明白了事情的发生经过，小B突然跪倒在了我面前，她的眼睛里含着泪水，希望我可以帮她隐瞒事实。于是我们说好，先假装不知道，如果查出陈小姐是被人杀的，再说出真相。

小A妈妈的口供

孩子是好孩子，成绩很好，闯过什么祸？从来没有过，最大的祸，我想想，真的没闯过什么祸，我想不出来。她是那种谁见了都夸的孩子，真是让她受苦了，遇到这种事。不过好在保住了命，谢天谢地。

她怎么可能认识老板，她绝不可能之前认识老板。

抽烟？怎么会，她怎么会抽烟呢？我吗？我抽。

我因为在外地工作，所以小A就一直是一个人在襄平上学，我在郊区给她租了一套房子。因为学校附近的房子条件不好，我本来就不在她身边，已经很对不起她了，就租了套很好的房子给她，虽然远了点，但是住得算舒服。但后来上了高二，学校补课紧张了，回家会很浪费时间，她就住校了。节假日我会订酒店给她，不过后来她说她想住青旅试试，所以我就试着订了一次给她。结果她很喜欢，她说那里有家的感觉，老板人也很好。所以每次都住在那里，住了也有七八次了吧。我刚开始真的很开心，谁知道就发生了这种事情，哎，都怪我，如果我能陪在她身边，怎么会发生这种事。（大哭）

那天晚上我们还视频通话，在她吃完晚饭后。不过后来发生了什么，她就没有再说给我听了。

小刘的日记

2020年5月16日　周六

天气已经渐渐燥热了起来，距离那起青旅杀人案件结案至今已有四个多月了。这四个多月以来，我一有空闲就会去拜访小A。并不是出于工作，只是她在当事人中年龄最小，因为被火灾困住，身体多处重度烧伤，经过抢救奇迹般生还。

她的昏迷一直持续到结案后的第三天。

她是个坚强的女孩，我有好几次去看望她时，她的眼角都有眼泪，但看到我来，还是对我微笑着。起初我还一度担心我的刑警身份会让她介意，但事实证明我多虑了，她并不讨厌我去探望她，并且每次都表示希望我能再来，但前提是我不提那起案件，我同意了。

我最后一次去探望她时她还在医院，临走时她送给我一本书表示对我一直以来的感谢，这让我感觉到不仅是我在治愈她，她也同样在治愈着我。

在上个月的月末，她终于从医院摆脱了出来，她妈妈在事故发生后就搬回了襄平，同她一起生活。前段时间我收到她的信息，信息里的她说自己已经能够从伤害中走出来了，并且回到学校上学了。看到她这么说，我算是终于放下了心。

但不得不说，我常去看小A，也不都是为了探望她的健康情况。我另外打了算盘，就是想从这个孩子的口中套出那起案件的真相。

案件的审理在我看来进行得太过顺利，顺利得让人觉得可疑。陈帆是在警方的审讯下最终承认了自己的犯罪事实，两名包庇人也各自给出了差不多的情节（虽然疑点众多），随后案子基本上就结了三分之二。

接下来的工作非常简单，如果当事人中没有人能证明青旅的老板是被人故意关在厕所的，那他的死亡就属于意外死亡。果然，没人能证明。而且很显然门是被掉落的房梁挡住才打不开的。也没有人表示小A与案件有关系，所以也不必再等小A醒来，直接让她的监护人代替她做口证即可。

最终，陈帆因过失杀人，但情节严重连带他人死亡、受伤等多罪被判处无期徒刑；旅行家因包庇罪被判处一年缓刑；小B因未成年，承担一部分法律责任，但不予以法律制裁。虽然我一再提出每个人的口供都有众多疑点，但因为不是案件处理的核心，所以几乎没有人理睬。

就这样，算是结案了。

可这周的一封来信，让我觉得这顺利是那么不真实，有关那起案件，有关小A，有关所有人，也许我们都被骗了。

所以今天，我特意带上那封信以看望的名义去了趟小B家，没提前跟任何人打招呼。说来惭愧，我已经没有胆量再去小A家了。换句话说，小B也许更好骗些。

因为是周六，小B应该在家，所以我没有提前打招呼。敲了很久门后，一直没有人应答。正准备折返时，门突然开了，开门的是小B，她探出头来，显得有些失措。我微笑着表示问好，她则是先转过头冲屋里喊道："妈妈，是刘警官。"然后请我进了门。

房子很窄，充斥一股很浓的外卖味，闻得人想吐。衣服在客厅乱七八糟地堆着，客厅和厨房的窗帘是敞开的，但屋子里还是显得有点暗。

她让我在沙发上坐下，开始给我倒茶，倒水时手颤抖得很厉害。我望向她，她没有开口说话，只是冲我尴尬地笑了笑。

"请稍等一下，刘警官。"声音从卧室传来，是小B的妈妈。

"好的。"我回答。

几分钟后她从屋子里出来，拉了拉墨绿色的短裙裙角，显然是刚穿上衣服。

卧室里好像还有人。

"刘警官，不好意思……您好！"她探过身来跟我握手，身上的香水味一下子扑了上来，“您来之前应该告诉我们一声的，好在这丫头今天也没出门，平时周六周日她很少待在家里，您也算赶对了时候，您过来有什么事吗？”说着她坐在了对面的椅子上，小B也坐在了我的对面，始终低头看着手指，脸色铁青，和我第一次来拜访她时的神情一模一样。

嗯，这并不是我第一次来探望小B，她还在医院的时候，我曾去过一次。虽然当时她没有表现出反感，情绪也没有过于激动，可当我刚刚关上病房的门时，立马听到了小B在病房吼叫的声音，那是故意让我听到的，随后她妈妈发消息给我，希望我以后不要再来。

只是现在时间已经过去太久，连小A都已经恢复了，小B没有还不恢复的道理，我才有胆量来拜访她。但现在看样子，她依旧很在意，我不禁有点自责。

“不好意思突然造访，没什么要紧事，只是组织让来慰问。”我说了谎，“孩子学习怎么样了？”

“嗯，你跟刘警官说吧！”她对小B说。又对我说：“您喝茶，刘警官，吃过午饭了吗？”

“我吃过了，谢谢！”为了方便起见，我又说了谎。

小B说：“嗯……还可以，刚开学不久，但学习就已经很紧张了，已经在备考了，我会加油的。”她说这话时面无表情的，双手紧紧交叉在一起，勒得指尖有点红。

“发生了什么有趣的事情吗？可以跟我讲讲吗？”

“学校里每天都是些枯燥乏味的事情，刘警官也许不爱听，不过枯燥的生活总有可爱的一面，也有可爱的人。”

“可爱的人？”

“嗯，朋友们都很在意我的想法，没人再提起过那件事，如果不是刘警官来拜访，我很可能都忘记了那件事。”

我端起茶杯嘬了一口，很苦，恐怕是那孩子茶叶放太多了。

“忘了？”我抬头看了一眼小B的眼睛，又看了看她的妈妈，她正认真地听着我们的谈话。

“嗯……是的，我快忘了。”她的声音越来越小，显得很不自然。

“可以让我跟孩子单独聊聊吗？”我不想再跟她们拐弯抹角了，对小B妈妈说。

“嗯，好的。”她勉强地答应了，起身回到了刚才出来的那间卧室。

我放下茶杯，从办公包中翻找出了我早就准备好的信，把它放在茶几上，推到了孩子的面前。

信是我在5月12日收到的，也就是这周二。

那时我完成了一天的工作，偶尔起兴去翻看自己的邮箱，里面还真的有一封信，要知道已经很久没有人写信给我了。我装作一副很意外的样子，其实我并不感到意外，仿佛是一件该发生却迟到很久的事情，总会有人忍不住想把事实吐出，而我能做的只有等待。

信封除了收件人和地址什么也没有写，里面也只有一张小纸条，纸条上用打印字体写着几个字——小A是杀人凶手。

说实话看到字条我被吓了一跳，但很快就冷静了下来。发件人没有署名，证明对方并不想暴露身份。但查出是谁寄出的，对案件发展有至关重要的作用。目前没有任何线索，但可以确信的是，一定是目击者之一，因为这并不像是恶作剧。

我收到这张字条后，第一时间写了报告，却被没收了字条。所以现在放在小B眼前的，是我仿造的复制品，与原版有些不相似。

坐在对面的小B的脸一瞬间就涨红了，她的呼吸开始变得急促，眼睛像充了血，表情无法捉摸。

我磨了她很久，她还是不愿意说出真相。她一直强调，如果说出事实，她就会死。可当我一再说明如果继续替小A隐瞒，她将犯什么样的罪时，当然这些罪名有很大的欺骗成分，大多都是我的一派胡言，她渐渐就招认了一切。

小B的口供

那天晚上晚些时候，可能已经过了12点，屋子里的灯全都亮着，大家都还没有睡，我那时和陈帆躺在床上玩手机，百无聊赖的。老板突然敲门问："要不要一起出来跟大家做游戏？"我就一口答应了。我们确实是一起玩了游戏。

他把屋里的人都叫了出来，所有人就都在桌子上围成了一圈，我们先从真心话大冒险玩起，问一些基础的问题，像是叫什么名字，谈过几个男（女）朋友之类的。

后来不知道是谁问了那个来独自旅行的女人一句："你见过鬼吗？"她就滔滔不绝地讲开了，虽然大家都半信半疑，但都听得津津有味。于是真心话大冒险的游戏就变成了故事会，其实我有些害怕，已经凌晨了，但为了不扫兴，还是没有退出。

轮到我讲的时候，我当然是没见过鬼，只好瞎编了一个我和同学玩笔仙灵验了的故事。故事里我英勇地和笔仙做抗争，但最后遇到了很多诡异的事情。但我讲完以后就开始后悔，因为有人喊道："不如我们玩笔仙吧！"不论我怎么疯狂地劝阻，告诉他们这个游戏不能瞎玩，他们就是不听。虽然故事是我瞎编的，但类似的有关笔仙的诡异事情我曾听到过。他们为什么不听我的话呢？不过说这些已经晚了。

我不愿意冒这个险，就提出要退出，我不敢再玩下去了。这时小A就说话了，她说我都已经玩过了，不是也没什么事。这话从她嘴里说出来多少是有点违心的，要不然，后来她也不会……哎，我先按过程的顺序说吧。

她说完这话后大家就把灯全部熄灭了，只留了一只手电筒在角落发出微弱的光，那光还不如不打，为什么要打一个手电筒，那样更可怕。我这时退出已经来不及了，所以只好先告诉他们要做口头保证，就是要对即将请出的笔仙有敬畏之心。可老板说他不信会真的能请出，所以忽视了我的话，哼，他这叫……自作自受。

我们直接按照游戏规则，拿出一张A4白纸，一根铅笔，我们6个人一起握着那根笔，笔尖竖直对着白纸，然后一起默念："笔仙笔仙，你是我的前世，你是我的今生。"

我们几乎还没有说完话，有一个人就抽出了手，那个人就是小A，她的脸色害怕极了，挤出几个字："笔仙就在厕所。"没人敢再说话了，都把手收了回来。她的肩膀颤抖着，眼睛睁得老大，汗珠一颗颗地流下来，她又望向每一个人，说："他就在厕所。"

先跳起来的就是老板，他的年纪在我们几个里面也算是大的，恐怕是想装大哥哥。他斥责小A故弄玄虚，但他的语气明显也有些害怕，他故意提高嗓门说他才不信会真的有什么笔仙，然后他起身向厕所走去。厕所的门随即被他推开了，他走了进去，门"嘭"的一声就被关上了。

出风头的往往死得最快。

果然，厕所里传出那个老板的惨叫声，大概所有人都不再怀疑小A的话了吧，所以没有一起制造恶作剧的可能。没过一会儿，他就不再叫了，剩下的就是死一般的寂静。

我已经被吓坏了，恨不得找个角落把自己的头蒙起来，可竟然还有人愚蠢地跳出来，我真不知道他们是怎么想的。如果不再激怒笔仙，也许就没有人会死了。站起来的是老板的女友，她听到自己男人的惨叫，就发了疯似的指着小A的鼻子大叫起来："你搞什么鬼！"可她话还没说完，小A低垂的头就突然抬了起来，她眼神无光，平淡地把食指放在了嘴唇上，"嘘，别说话，笔仙来了。"她的食指从嘴唇上取下，沿着桌子扫了一圈，最终落在了我男朋友身上，"你，杀了她，否则……"她的手指又在桌子上绕了一圈，最后划向了自己的脖子，所有人都明白了她的意思，您能听明白吗？如果陈帆不动手，我们都得死，为什么是他，我的天哪，这太可怕了，为什么偏偏让陈帆动手，可我当时怕得要死，我觉得我们的死期都要到了。

但我还是清醒的，陈帆望了望我，我读懂了他的眼神，那一刻我多么想让那个人是我，那个被小A指的人能是我。如果能换成是我来杀那个女人来让大家活命……（大哭）为什么要这样？我们为什么要玩那么危险的游戏？

一切都已经晚了，太晚了，陈帆把那个女人一把推倒在桌子上，她的头就在我的脸的位置。她的脖子被紧紧摁住，嘴里的舌头胡乱地动着。陈帆手中的花盆落在她的头上，她的太阳穴就出现了一个坑，我捂住了脸。

她死了，一点声音也没有地死了。

她的尸体被摆在那张桌子上，没人敢碰。这时小A晕了过去，一下子倒在了桌子上，已经摸不到她的呼吸了，我们便都以为她死了。我和旅行家都哭了起来，陈帆脸上也显出无尽的惊愕。他浑身颤抖着，夹在手上的香烟又不小心掉在了陈小姐的尸体上，我们连滚带爬地绕过厕所跑出了屋子。

我们往下走了几层，旅行家突然把我们叫住，她说我们还是应该打119救火，还应该打120，因为小A还在里边，不知道是死是活，在打119之前，我们必须想好怎么向警察交代。

当时我们三个人一致同意，只要不说出笔仙的事情，向警察说什么都好。因为我们真的认为笔仙附在了小A身上，我们怕笔仙再通过小A或是其他方式报复我们，我们真的不想死呀！陈帆杀人的证据已经被烧掉了，于是就说好先不承认是他杀了人，等到迫不得已的时候再招供。

小B说完就坐在那里一言不发。

我从小B家出来的时候，已经过了午饭的时间，时间紧迫，我立刻联系了两位同伴，一同陪我去小A家。虽然已经拿到了小B的口供，但事情远没有那么好办。

很显然，小B的口供进一步说明信不是小B寄的，小A应该也不会向警方承认自己是凶手。以上可能排除的话，寄信人最有可能是旅行家，那么小B的口供就变得不可信了。因为根据她的描述，旅行家应该也相信了笔仙的存在，如果她寄信，信的内容也应该是——笔仙是凶手。

所以如果小A什么都不肯说，或者说她什么都不知道，因为如果真如小B所说，他们的对手是可以随意杀人的鬼神，那小A很有可能已经忘记了这一切。那我们只好去找旅行家，如果她为了保命，也不愿意招供事实，光凭小B空飘飘的口供，根本立不了案。

不知道为什么，我有些害怕了，并不是害怕小B口中的鬼，而是害怕那封信，害怕小A。最后我只能安慰自己：她只是个还没成年的孩子。

一天之内连续拜访两个家庭你就会觉察出他们明显

的不同来。小A家里亮堂堂的，客厅的主墙壁上挂着一个大相框，相框分为左右两列，密密麻麻地写满了人名，相框的边缘是红色的丝绸。

小A第一眼看到我，眼里闪过一丝难以察觉的异样神色，但随即又恢复了自然，她有礼貌地向我问好。

“你妈妈呢？”我问她。

“她今天加班，快进来吧。”不知道为什么，我觉得有点失落，但这也许是好事，没有妈妈监督，小A招认的可能性会增大，我拉开门，她看到了门外的同事，表情凝固了一些，马上又微笑了起来。

我们坐下后，她有些抱歉地说找不到妈妈的茶叶，于是倒了两杯开水过来。说了声谢谢后，我们就开始同样地聊了一些琐碎的事情。我一件也没有听进去，点头示意着，我能听到的是自己的心脏越跳越快。

当我拿出信封和小B的口供放在桌子上时，她盯了一会儿，抓起信封前后翻看，“这是什么呀？”

“拆开看看。”我说。

她连头都没抬，就拆开了信。字条现在在她的手里，她又前后翻了翻，露出怀疑的目光，说了让我也没想到要怎么回答的话。

“这是什么东西，我的那份呢？”

信是她寄的。

“你被逮捕了，小A。”这是假话，我只是想看看她的反应。

我说完这句话后，她还是没有抬头，她沉默了一会儿，说道：“既然你们已经发现了，那我就承认了吧。当时……当时我是真的没想到哇！”她的声音开始颤抖了，她继续往下说。

“其实我并不知道那几个人是怎么商量的，他们只能这样做，因为他们怕得要死。才没有什么笔仙，只不过是我和那个老板的骗局罢了。

“那个男人，我只在他那儿住过几回，他说他喜欢我，他说他爱我。他开始疯狂地追我，说一些听得人想吐的话，一个有女朋友的人居然这样，我当时甚至对男人失望了。起初我不想搭理他，后来我想，要不就跟他玩玩，我让他喜欢个够。我还想进一步看看这个男人的底线在哪里，于是我提出来让他把他女朋友从青旅赶出去，他竟然就同意了，那可是一直陪伴他很多年的女人哪！但他说他没有什么理由赶她走，我当时觉得他很恶心，这男人真是恶心透了，居然抛弃了和自己在一起多年的女人。于是我萌生了戏耍他的念头，我发誓，我真的只想戏耍他一下，并没有想要杀了他。

“我出了游戏这一招给他，我来装作笔仙的带话人，用他的假死让他们相信了笔仙真的在，然后用笔仙的嘴赶走那个女人，他什么也没说，像个傻子一样拍手叫好。

“我让他答应我不管怎么样都不要再从厕所出来。我一想到他在里面那个着急的样子，我就觉得心里畅快。

“等他进了厕所，我再用我精湛的演技假装笔仙，吓得大家不敢上厕所，甚至不敢住在这里，让旅店只剩他一个，让他在厕所里体会一下被抛弃的滋味。我们起初就是玩简单的游戏，但我觉得还不过瘾，就让旅行家讲鬼故事，接着挨个儿讲。轮到小B时，她讲的竟然就是笔仙的鬼故事。只要我在那时提出要玩笔仙，没人会多想。一切就是那么顺利，我成功地让那几个人相信了我能看到笔仙，可他的那个女人哪，她是个傻子，那个男人那么混蛋地对她，她却在他进了厕所假死以后指着我的鼻子说‘你搞什么鬼呀’，我突然好生气好生气，我帮她惩罚一下她那混账男人，她居然这么袒护他。我当时脑子一热，就也想吓一吓这个傻女人。

“我让陈帆杀了她，他吓得想都没想，拿起桌子上的花盆就砸了下去，我的天哪……然后说实话我不知道接下来要怎么办了，我也吓了一跳，我真没想到他能完全上了我的当，还真的去杀人了，于是就干脆装晕先想想下一步该怎么办，谁知道我这一倒居然把自己摔晕了，过了不知多久我也醒了过来。我醒来时，发现竟然已经着火了，其他人也都跑了。

“但这个时候火势已经很大了，想开门发现门是热的，我肯定是跑不出去了，再加上烟已经到处都是，我头更晕了，剩下发生了什么，我已经不知道了，再次醒来后我发现我已经躺在医院里了。”

小A说完了这些，她绝望地看着我们说：“我真的只想戏耍一下这男的和他的女人，谁知道变成这样了呢？刘警官，我真的不是故意的，我真的不是故意的，你们会帮我吧？我真的不想死呀！”

我无奈地看着小A，我相信她说的话，但我也为她的无知和幼稚感到愤怒，我和同事将她押送回公安局，后来，她虽没有死，但得到了应有的惩罚，我相信若干年后她从狱中出来，应该不会再因无知的冲动而犯错了吧。

女高中生日常

我在高中时期读的是严肃的学校，是那种让你走在学校的任何一条甬道上都不寒而栗的那种。我目前尚未毕业，也未成年，不过又有什么关系呢？就是个小鬼也没什么不好，在谁眼里都是像到处乱窜的跳蚤一样的存在，哪里的肉都没长熟。

在这个世界上生活了十几年，我渐渐明白，对同一事物，如果有一个人在场，就会产生一种体会，如果有一万个人在场，就会产生一万种体会。人们对这样的和那样的事物有香的和臭的等种种体会。这样就不免会有人喜欢那些谁都鄙视的东西，也不免有人会觉得人人吹捧的高尚东西难以入眼。

像我也一样，我有很强的自我感觉、自我琢磨的欲望。比如说我会打心眼里觉得某人画的东西尤其劣质，自负，如果我不知道对方是某国的某知名画家，有庞大的粉丝团体，我甚至会觉得他画的东西根本就称不上有什么艺术价值。抑或是某位作家写的某篇著作，听说看过的人不哭死爹娘的就不是人，但我看完后，还是一撇嘴转头扔进垃圾桶。在我看来，他在凑字数或者写日志。这时候如果有某个长辈在场，他一定又要把脸凑近垃圾桶不到三十厘米的地方，缓缓捡起那个东西，盯着它沉思片刻，然后说："呀，这不是那谁写的那什么什么吗？妈呀，你这孩子到底为什么要这样做？"如果我跟他们争论，很可能就会被定义为"不懂文学"，"是时候好好教育一下了"。甚至你懂的，还有一些不堪入耳的话，我根本不想再去回忆它们。

渐渐地我开始厌倦跟他们争吵，抄起我的能量干我自己的事情。有时你会看到我在书桌上假模假样地学习，有时在对着电话大讲特讲感情问题，或者就是拿着一本书对着楼下的门禁发呆。是的，我还是保持了每天读书的习惯，只限读我想读的书。除此之外，我几乎放弃了我一大半的兴趣：滑板、照片打印机，还有那些塞满了收藏品（我承认那是一堆不值钱的破烂，但我从前把它们视作我的生命）的盒子一律被我扔进了角落。还有空调旁边的画架，上面已经搭满了我母亲在我的房间养的藤蔓。我从不去问它们到底是什么植物，我爱植物，但我讨厌它们出现在我的房间里，因为我害怕虫子，土壤会招来虫子。但是，就由它们长吧，我一点也不想因为这点小事就让母亲觉得我有丁点不尊重她。这里是她的天地，我的床甚至都可以当她的花盆，她可以在上面施肥，种她在园子里种的那些食物。这是个好主意，至少可以增加我们家的粮食产量。但也有不妥当的地方，那就是我不想住在花盆里，所以他们需要找地方让我睡觉，可要知道我们家已经被塞满了东西，这是个问题。也许我可以睡在空调底下，或者画架的旁边，这样夏天会很凉快。哦，对了，说到画架，那真是一言难尽。

我前面说过，我已经不再画画了，但我曾在那个路边捡来的画架上画过几十幅画，大概就是几年前我还在上初中的时候。那时我把它们其中的一部分从画框上剥下来，制作成了一个画册。我从不记得我曾把它们带到学校去，但是神奇的事情就在一个明媚的下午发生了。

当时我在学校的叔和楼上副课，那栋教学楼接收阳光的能力真的是无敌。但好在是初春，我走在顶层的楼道里，刚从厕所出来，阳光照在嘴皮上，痒痒的。楼道里没有一个人，因为刚刚上课不久，我用手遮挡斜射进窗户的阳光，皱着眉头左右观望。我知道我的样子在对面教室的学生眼里，也许像是刚饱餐一顿的独行黄鼠狼。我乱逛，百无聊赖地准备去上化学课，应该说准备去化学课上进入我的幻想王国，总之还算觉得心情舒畅。突然，我瞥到楼道边侧，芝诺的头像下的柜子上，平放着一本厚厚的册子，眼熟极了。我走到它面前，翻看几页，接着蹦跳起来。我确定这就是我的画册，没什么可质疑的。

我下楼把它扔进了我的柜子，顺便带了一盒酸奶去化学教室。我知道是有人把我的画册拿到了楼上，而且那个人不是我。这件事情本身就疑点重重，可我万万没想到，后来发生了更诡异的事情。

我的画册安静地在柜子里躺了几天。虽然柜子没有上锁，但我保证，它只要回来了，就会受到我良好的保护，最多它只会在柜子里感到有点喘不上气，但至少是安全的。它并没有消失，而是在另一个地方再次出现了。

又是一天下午，我重复着上述慵懒至极的活动。但当我闲逛于教学楼的一处展览区时，我在展板上看到了有关一部动漫的一系列画。我盯着那些画，它们的色彩均没有任何创新，风格也几乎还原了原漫，只有简单的几种配色，远看每幅画之间也是大同小异。但我对每一张都很眼熟，当然了，因为这些画都出自我自己的画册。画上没有注明画者的名字，于是我绕回我的柜子，把我的画册带到了那些展板面前。我一一对照，起初觉得备受侵犯，气到断气。但我承认，我对画画还是有一定天分的，因为摆在我面前的画，看上去还像那么一回事，又觉得非常可笑，忍不住笑了出来。我觉得自己正在被偷窥，离开的时候听到了远处没人的地方确实有声响。

我为什么想笑，其实我自己也没有什么准确的答案，也许是觉得有趣的事情就要发生了。因为待在这样一所人和人见面都要入地三分鞠躬问好的高中，根本就很少会发生什么离奇的事情。只有在极少数的情况下，才可能有人会出人意料地在你正在走路时揍你的脸一拳。我深信在这里没人遇到过这种情况，我也一样。但我期待的，正是惹上这样的麻烦事。这不是说我是个自虐狂，我只是想去解决麻烦，因为无聊，就是这么简单。

在那之后，我找到了那期展报的负责人，一个皮肤发白的毛头小子——他告诉我他对画到底出自谁之手并不负全部责任，他只负责分配和协商工作，并且只在工作前期出现了一小段时间。

我事前料想到了这种情况。如果是一般情况，当这里的人们遇到这种麻烦事时，解决起来所有人都会提心吊胆，争先恐后地赔礼道歉，把所有锅都一通扣在自己头上。但我将要交涉的这群人，我敢保证他们会像我一样蛮不讲理，并且我明白，我在他们面前毫无智慧可言。如果把这比作一场龟兔赛跑，我就是个想给自己打针作弊的乌龟，而对方是开了挂一样在三分钟之内造好特殊材料的翅膀，然后用三十秒飞越终点线的兔子。

他理所当然地又让我去找了几个人，我对他这样的要求并不觉得反感，我原本就对维护自己的权利这类事情毫无兴趣。这样做也许是对的，很对，但也有七成可能会碰一鼻子灰，像个哗众取宠的小丑。所以我认定，我这么做只是为了饭后消遣罢了。我不厌其烦地去找每一个人，那些人又让我去找了另外一些人，最终还是找到了这个毛头小子的头上。这回他比上回我们交谈显得更加彬彬有礼，只不过他在谈话无果的情况下告诉我，他们家和校长交往颇深，他可以直接去找校长谈这件事试试。这句话可把我吓坏了，我敬佩他处理事情的方式真是直截了当，让我惊得差点张开了嘴。我告诉他不用他劳驾了，谁还不认识校长呢。他点点头，握手表示谢谢配合。

但我一点没有说着玩的意思，当天晚上我就请了假去了校长办公室。校长是一位成天穿着西装的中年先生，在一栋远离教学区的楼独享一间办公室，自己也从事教学，我总觉得他没有必要跑大老远去给学生上课。我走进他的办公室后，他起身倒了一杯红茶给我，我向他说明情况时，他微笑着点头，显得非常和蔼。他说自己见过那些画，并对它们欣赏有加，觉得自己的学校能有这样全能的学生，他为我感到骄傲。我告诉他对于一个从小就学画画的人来说，那根本就是拿不出手的劣品。其实我压根儿没上过一节绘画课，我这样说只是不想让他看出我身上有半点什么天赋。我只是个普普通通的爱制造麻烦的青少年，脑袋简单，甚至还有点笨，根本不值得任何人夸奖。

他表示这件事比我想象的更严重，他会以最好的方式谨慎处理，大致意思就是说他会把展报的负责人骂一通。可我现在想想，我并不知道他到底是怎么处理的，一切只存在我的幻想中。不过这对我而言无伤大雅，我只想让他们停止再继续展出我的画。可校长先生似乎误解了我的意，把我理解成了一个很谦虚的孩子。

我完全没有把这件事情放在心上，直到大概一周后再次在校园里碰到校长。他在远处认出我，然后指指我，微笑着比出大拇指，我鞠躬表示回应。我回到展板附近，发现画并没有被取下来，而是加上了我的大名。我真的是哑口无言，不知道说些什么好。当天下午那个毛头小子负责人来我所在的班级做自己的项目宣传，我告诉左右的人他做的东西还算是那么回事，但他的人真的很烂，并比画了一个手指给他。

后来还发生了一件事情，让我久久不能忘怀。自从大家都知道了我的画被莫名其妙地展在了别人的项目里时，几乎所有人都要去展览区看一眼。这使得我不得不告诫身边的几个朋友一定不要透露我没学过画画的消息，只当我是个美术生就好。其中就有一个不识相的不小心说漏了嘴，把机密泄露给了一个贯通项目的女生。往后她每次看到我，都要大夸特夸我。她的原话是这样的："哎呀呀，你看看你，可爱活泼没脾气幽默竟然还会画画，就不像我，根本就画不出自己想画的那些画，买了颜料也只是摆设。真想让你给我画画呀。"我知道我再多说什么已经无济于事，也就呵呵地笑着，活像一个不谙世事的人，然后说几句"不是啊，你学习多好，我羡慕你还来不及呢"这样的风凉话就快步离开。她所说的前半句话对我而言都是无关紧要的，只是那最后一句，我生怕她把这付诸实践。

果然，往往我最担心的事情就会立马发生，老天总是制造各式各样的麻烦给我，想想还有点可爱。

她说了上述这话几次后，终于忍不住说，"唉呀呀，你到底什么时候给我画呀。"我的心咯噔一下，甚至想到这会不会是种毛头小子的间接报复，但还是立马摆出微笑说，"好哇，好哇，你不嫌弃就好。"

我嘴上这么说，其实压根儿不准备付出行动。我真想派某个我的使者去到她的班里，然后揪起她的衣领说："嘿，朋友，你到底在想什么呢？你拜托画画的那个人，她就是个十足的骗子，嘴里没一句实话懂吗？"

但我又懒得这样做，所以只好走到哪里都尽量躲着她。就这样过去了大概一个月，她八成也知道了我在躲她，于是每次见面都阴阳怪气地盯着我。我则直接装瞎，直视前方，眼皮都不眨。这件事让我觉得极其不舒服，倒不是因为她的表现，只是我明白我在佯装成失信者，而身体里却还装着一些儿时的准则和不甘心。这听起来像是某种蜕变，向着不好的方向，但实际上不是。我只在想接受我很讨厌自己这个事实。我厌恶我身体里的某些不属于我的东西，它们让我在白天备受煎熬，夜晚无法入眠。我想找到真相，我想用自己的眼睛审视它们。

哲学课的思考

一个男学生，他正身处哲学教室中。当老师放下课本，讲到哲学以外的哲学时，他突然闭上了眼睛。

一个女孩看向了他，在心中提出了问题："所以，他究竟为什么闭上眼睛？"

这让她陷入了思考，她认为男孩同样也陷入了思考，关于这一哲学以外的哲学，抑或是相关的问题。

可她马上就有了新观点——他根本就不在思考。原因是他是个蠢人，他无法对此陷入思考，或是他对于这类问题感到厌倦、头疼，于是他闭上了眼睛，想把自己暂时拉出这个教室。也许他根本就不喜欢哲学，可这是哲学自选课。说不通。

“他想他女朋友了？他有女朋友吗？或者是喜欢的人？那个人喜欢他吗？会不会是我……”

幸好女孩及时停止了这种想法，她顿时感到自己刚才的胡思乱想冒犯到了眼前的男孩，双手合十摆出道歉的姿势（即使对方因闭着眼睛根本无法领情）。

“也许正是因为无法领情，竟一下子让他有了一种高深莫测的感觉。”女孩想，“对，他正在思考。”

他不再是个蠢人，只是他所研究的是更广泛或截然不同的哲学。他尊重此刻的探讨，但他无意愿发表言论，于是他闭上眼睛保持缄默。

还有一种可能，他早在十三岁时就想到了这一问题，他不思考，因为他知道在座的每一位包括老师和自己，无一人能得到真理。

刚才说到，他已经不再是个蠢人了。这次他虚伪地对待此事。他闭上眼睛是为了戴上面具，他是个极度虚伪的人。他知道答案！可也许是因为只他一个，他便想把答案作为一种秘密封锁起来。自私至极的人！

“哦！想到了！他受到了折磨！”

他突然走神！他走神是因为他曾因此真理受到了折

磨！没错，是某种挫折，突然的想起使他感到心痛。为了不流露出这份悲哀，他悬着心闭上了眼睛，在自己的世界哭泣起来。

他闭上眼睛是为了短暂的休息。

他因为这次讨论的某个细节回想起了自己的遭遇、尝试。他不愿回忆，他对此事过敏。

他是先知。他对不光面前，甚至所有的感触都了如指掌。开端、结局和真相，他明白得一清二楚。为防止有人从先知的眼中读出任何不该被读出的信息，为了不在其他无法看出其身份的先知面前暴露自己（这可能会使他受惩被捕甚至被剥夺生命），他立刻闭上了眼睛，为了掩藏自己先知的身份。

他是一个对此类哲学深恶痛绝的人，他不允许自己再继续倾听。

…………

由于女孩长时间目不转睛地盯着闭眼男孩思考，很快就引起了女孩某位追求者的注意。

可以唯一确定的是——她正在思考。

可这位追求者自认为心思缜密，他笃定——女孩喜欢闭眼男孩，并把这个想法告诉了周围的两个朋友。朋友表示抱歉，继续听课。

女孩因为刚才进行的一系列繁复的思考，感到眼睛酸痛，闭上了眼睛。

追求者见此感到心碎。闭眼女孩感到迷茫厌倦，闭眼男孩正在回味午饭留在牙缝里的一根韭菜。

赊刀人

康熙年间，曾有一位名叫冯景的少年。《万谭》中简单地记载着他的故事：“冯氏遇难，逢赊刀人，黄叶入骨，五十几日，病终。”

如今看来，已经很少有人记得这个故事了。那些可以口口相传的人已经入土，留下后辈似有似无的扭曲记忆，就连《万谭》这本八卦小册子，在这世间所剩的也已经不多。

故事发生在从张家口一道向涿鹿延展的一个村庄里。冯家在这一带算不上大户人家，上上下下百来号人，没几个读过书的。这位名叫冯景的少年是家中的幼子，在他上面有五个哥哥，分别名叫贾、翊、甫、炳、聪。五个哥哥中唯有长兄冯贾还没成婚。

贾哥哥二十一岁时，一日，他卧在小冯景的枕畔，轻声叫他："景儿，你愿不愿意跟我去住？"冯景那时还没睡醒，听不清哥哥说了什么，就问："什么事？"贾哥哥又问了一遍，可无奈他声音太小，冯景依旧没有听见，就答应说好。

冬至，冯景和哥哥带着简单的行李离开了家。母亲在临别时显得异常难过，她不停地揉搓贾哥哥的脸，扯冯景的锦囊，最后抱着冯景的头痛哭了一场，又推他拉他。四个哥哥说有事推托了送行，可冯景分明看到他们就在厢房后面跟仆人们瞧望他们的方向，有说有笑。冯景不知道自己是不是该向父亲道别，他知道父亲就在自己的房间，只是从早饭后就一直没有走出来而已。

他看出了家里的异常，明白这一走绝对不妙，可没有退路可走。他坐在轿子里，贾哥哥的膝盖碰撞着他的膝盖，他听到外面一声风叫，拉开帘子，他看到自己曾经住过的地方正咧着嘴，发出可怕的嘲笑声。那一年他十一岁，可看着就像八岁，他在哥哥的怀里哭了起来，不久就沉沉地睡去，醒来的时候，冯景至少有十四岁。

搬进新住所十余日，来了一位草鞋高个儿，把冯景的房间打扫了一遍，又洗了他这几日换下来的衣服。冯景的房间紧挨着贾哥哥的，他拿着一本书在房间读，贾哥哥坐在院子的杂物上，正看着自己的房间。冯景听到隔壁有“咚咚”的声音。

“咚咚……咚咚，唰唰……唰唰。”

他过来了。从门缝里伸进手来，“小子，你会倒着看书。”高个儿拿起冯景的书。冯景看到这个男人，他背对着光，肩头上的汗毛闪光，两根粗辫子散在手边，头顶的碎发垂到两鬓，身上有一股麻黄草叶味道。

“还我书。”冯景对他不客气，他还当自己是少爷，对眼前这个叫他小子的男人嗤之以鼻，保持着距离。

从那天起，那个男人就住在了贾哥哥和他的家里。冯景知道，他没有父母，大他七岁，除了照顾他，还跟着哥哥做铜板生意。他疯癫，钱都拿去买酒，平时叫他小子，喝了酒就叫他哥哥，叫贾哥哥冯景，叫冯景冯贾。他有名字，叫李可纶，但冯景从不叫他名字。

冯景后来发现，李可纶除了喝酒还会看书。当他得知他都识字时，突然觉得自己像个蠢货，拿水当血一口喷出了三尺。从此他不读书，只卖鱼。贾哥哥说他不懂事，他说李可纶认识字他就不识，李可纶读过的书他不读，又说自己读书没前途，卖鱼能给哥哥娶媳妇。

从李可纶来，到李可纶走这三年里，他没有一天不跟他吵嘴。他们两个人一碰面，贾哥哥在时，冯景忍着脾气，不跟他说话，贾哥哥不在时，冯景就瞪眼，他没李可纶壮，只能跟他吵嘴架。最后一年，李可纶教冯景喝酒，把他灌醉，让他出丑。冯景并不讨厌喝酒，他只是讨厌李可纶也喝酒。

李可纶走的前些日子，冯景就看出他和哥哥闹了矛盾。他们总是有矛盾，这次也没有表现出跟平时很不一样，他们不说话，李可纶不喝酒。一天晚上，李可纶在挑水，他凑到井边，用草鞋擦了擦汗，他看着汗珠落进井里。滴答，轰隆，嘤嘤。

“世事无常就是这个意思吧。”

冯景忘了自己的生日是哪天，母亲在他生日那天送来书信，让他们回家一趟。这两年不知道为什么，他们哥儿俩从没有回家探望过，他不想念其他的哥哥，但总是牵挂着母亲和父亲，却总找不到机会回去。这次召回的书信也和往常一样，在窗台上隔了很久。贾哥哥看过信后掩面转身走出了屋，李可纶站起来，让冯景去看信。

“家父病重。”冯景最后对李可纶说。

三天后，冯景跟着哥哥回家。轿子晚饭开始等，他们子时才走，日上三竿才到。

冯景被仆人小心翼翼地抱下轿子，这些仆人他不认识，轿子外面的母亲他也不认识，她老了。他不敢在房子里走动，好似到了别人家。换了干净衣服后，他被带到父亲的居室，贾哥哥跪在床边，背后的门“嘭”的一声关上，贾哥哥挥手让他走近。他颤颤巍巍地走，闻着越来越浓的苦大黄味。他向床架子里探进头，一股说不上来的臭味像火一样烧了上来。他不知道父亲是不是闭着眼睛，他盖着被子，咂着嘴，嘴里嘟囔着什么。

“爹?”冯景第一次感到如此难受，像个刚被释放的囚犯一样颤抖着，任由汗水滴在了父亲的被褥上。他不想叫醒他，跪在床边的垫子上发呆。他瞥到贾哥哥在擦脸，在流不争气的眼泪。他狠狠地蹬贾哥哥一脚，冯贾看着弟弟，眼泪依旧如泉涌动。

十余日，父亲闭了眼，死前紧紧握着冯景的手，不愿撒开。从初一父亲下葬到十三回家，冯景都没和冯贾说一句话。刚起程，他就一把揪住哥哥的领子，轿子摇摇晃晃，两个人也摇摇晃晃。冯景又慢慢松手，朝地上吐了一口，说：“你不是人。”

这次回家，冯景长了十岁。

哥儿俩回到家，看梁上生了灰，知道李可纶是早就走了，没留信。冯景悄悄舒了一口气。

哥儿俩没说几句话，冯贾连一壶茶也没喝，就穿着脏衣服上了炕。冯景虽然很多话想说，但几次开口又咽了回去。他什么话都说不出来，也很早歇下了。

夜里二更天，冯景听院里有动静，觉得奇怪，便走下床去看。四周黑漆漆的，他点着穿堂冰冷的蜡烛，背后被什么软和和的东西冷不丁戳了一下，便转过身去。

贾哥哥坐在远处的石桌上，天空飘着小雪，他看不清哥哥的神态。只见他穿一身翠绿的衣裳在月光下抬起腿，另一条腿顺势搭在脚下一团黑麻上，衣摆下出现两束光，一束金黄，一束银青。冯景被两束光灼到眼睛，一眨眼的工夫，贾哥哥又穿回了孝服，绿衣裳脱在脚下的乱麻上，其下发出呼噜声。

他看不明白，只觉得四周堵塞，不安全。他眼睛离不开冯贾，眼睁睁看着一袭绿衣直起腰来，摇身一变成了一只油亮亮的老虎。它正对自己龇牙咧嘴，卖弄筋骨。冯景完全喘不上气来了，他要大叫，他要向后退；他摸索着背后的门窗，越摸越痒，越摸越湿，竟摸出一张虎脸！前后两只老虎一齐向他扑来，牙尖的汁液化出一团血水，淹瞎了他的眼睛。

他尖叫着从梦中醒来，窗外还下着小雪，天已蒙蒙亮。昨天回家时，到处都是没扫的落叶，现在这些落叶被薄薄的雪盖着，手牵手露出脑袋，看冯景从自己的房间跌跌撞撞奔向哥哥的房间。

房间里没有人。

屋外雪下个不停。洗漱后，冯景把李可纶留在家中的酒罐倒空，将李可纶留下的东西都装进去，带上了山。过不了多久就又是冬至了，山上冷风刺骨，他穿着孝服，为李可纶送葬。他把东西埋在一个阴沟里，插上牌子：

“李可纶已死。”

回家！冯景并不感到害怕，因为他早料到冯贾会走。他咒李可纶，可他不咒哥哥。他坚信他会寻人未果，最后回到家里，同他一起做些什么。

“就算哥不娶妻也无碍，哥不娶我就代他娶，我的媳妇照样可以照顾好哥哥。”

他告诉自己，等哥哥也许是个很漫长的过程。他要做从前的事，他要卖更多的鱼，要赚更多的钱。他希望哥哥回来，但等他只需要记在心里就好。

“等到了时候，我就先娶老婆，这样也了了哥哥的一桩心事。”

“找老婆要找哥哥喜欢的，要找哥哥喜欢的……我要卖鱼，我要卖鱼。”

他想这些想得入迷，想起自己竟已经两天两夜没有吃饭，于是走到厨房，他看到番茄，他想喝番茄汤，可番茄汤他不会做，只有李可纶会做。

他想着番茄汤出了家门。

“李可纶，也好，回来也没什么不好。”

他在街上寻找李可纶。“哐当，哐当。”迎面走来一人，噢哈叫着，冯景走过去。

这人穿着一双小绑腿薄底草鞋，一根粗黄腰带垂到脚底，冯景抬头看他，见他一双长细眼睛，看起来三十岁上下，嘴唇红润，眉目如同上了一层金粉，又像涂了黄油；胡须刮得干净，麻布帽子破旧，看不出它原本的模样。

这人正从怀里掏出了什么东西，伸手就要递给冯景。是一小壶酒，壶口刻着一簇白莲。

“走开。”冯景推开他。

“小兄弟，且慢。”男人说着仔细瞧冯景的脸，从左绕到右边，又从右边绕到左边，拍拍自己身后叮咣作响的箱子，“要不让我跟你走一趟。”

冯景大致猜到，他这是遇见了赊刀人。他摆着手，摇着头，继续走他的路。他听到赊刀人停在原地，一阵风从胸膛衣袖里闯进身体，他转过身子挡风。赊刀人已经走远，身后的箱子高过他的帽子，从顶上露出两只一闪一闪的刀鞘。冯景定睛一看，那是两只虎头，舌头舔到了鼻尖。

赊刀人转过头。他缓缓地走过去，拿起赊刀人递给他的四块石头，四个石头上写着四个字。

“小兄弟，你不识字。”

“我不识得这些字。”

“无碍。你只需知道，这天圆地方，五十三日走一遭。”

那晚赊刀人来到冯景家中，洒黑水倒红酒，念六经挥大刀，七颠八倒。冯景咬牙忍着，由他又拉又扯，像一个无力的受难者。

“不妙！”赊刀人嘶叫。

“好还是不好？”

“妙哉！”赊刀人收回四个石头，抽出其中一把虎头刀，放在冯景手中，由前门扬长而去。

五十几日，冯贾果然回来了。

冯景先听到的不是哥哥的声音，是一个女人的声音。她说话像哭娘。冯景破门而入，女人从哥哥旁边起来，她瘦弱。哥哥也瘦，黑了不少，穿着一件和女人一样的苦命褂。见到弟弟，他低垂的眉目突然上了点光，挤出笑来。

冯景扔了手里的杂物，他刚从集市回来，带着一股鱼腥味。

“景儿。”冯贾站起来，又鞠着坐下。

冯贾让女人去拿水，冯景顺势把门上锁。女人来到水井旁，水桶结了蛛网，里面的水结成了冰。她裹紧薄衣，拿木棍一下下凿着冰。她凿哇凿，始终不见冰破水出，算着时间，这个天气，水难不成冻到了河底？她又走到伙房，在坛子里发现了一点酒。呸，这怎么喝，还是回屋取暖吧。

她进去，冯景低着头走出去，冯贾闭着眼，手扶着额头，一言不发。

第二天，冯贾带着女人出门，冯景想到赊刀人，哥哥回来了，他也该来了。他知道自己没钱付给赊刀人，于是套上棉袄，带了赊刀人的刀，准备出门躲一躲。谁知一出门，那人早已守在门口。

冯景同他说着话，说着说着拔腿就跑，赊刀人知道他跑不了多远，慢悠悠地追着，嘴里唱着：

昭然昭然，虫豸草庵。

茕茕——

五里雾，七里混。七里雾，雾里混。

所终何在，此在此在，缕析缕析。

不急不急，前世不得，今宵又短。

急甚么。

他们跑着，在人群中穿行。突然，赊刀人停住，向远观望，他皱起眉毛，嘴里的歌唱得愈加响亮可怖，言语终于脱离地面，疾风般向前冲去。在河边，赊刀人一把揪住冯景。冯景早已不知自己身在何处，他紧紧攥着赊刀人的刀，仿佛它才是自己的肉身。

“给我吧，你不必留着它。”赊刀人对失魂落魄之人说。

故事讲到这里，也要接近尾声了。冯景没有钱付给赊刀人，赊刀人必然取回了他的刀，至于后来所记载的“冯氏病终”，说的大概就是冯景了。冯景卧病到过世，又是五十几日，这五十几日，若不是母亲照料，那必定就是由贾哥哥照顾了。据传，冯景死后，住在哥哥家的女人没有走，但也没有与冯贾成婚。几年后，冯贾送走母亲，不知去向。

桥下的女人

每天下班后，在桥上逗留一会儿已经成了我的习惯。

如今新泽区比原先更荒凉了，这里生活的大多数人都是老人和孩子，电车除了早上和晚上几乎空无一人。每天我都在公司大楼和家之间直线往返，哪儿也不去。下班时会正巧赶上夕阳，电车便成了一条金色的蛇，在树林的底部穿梭。下车后我小跑着到桥上，这是我一天中唯一的运动。

这座桥没什么特别，也很少有汽车穿行，河岸两边光秃秃的没有灌木，斜坡上的野草肆无忌惮，没有被人修理过的痕迹，厚实地铺在地上，像两条绿毯向河的尽头延伸。河里的水倒不像市区里的那样散发臭鱼烂虾和工业废水的味道，它流得很慢，像一条用镜子铺成的公路，反射出金黄色的天空。

我当然不是为了看日落而在这破桥上待这么久，我没那样的雅致，我是为了看一个人，一个女人。

我并不是最近才发现她总是立在河堤的青草上，每天下班我都会路过这座桥，这里的人少得可怜，她便十分显眼。从我注意到她的那天起，她就从没换过衣服，杏色的大衣垂到膝盖，头发高高扎起，从她的侧脸可以看出是个美人。鼻子很高，眉眼有几分眼熟，但总是想不起是谁。

青草漫过她的短靴，让她显得矮了一截。她不像一个真的人，倒像一个稻草人，盯着远处一动不动。

我起初会不自觉地停下脚步望着她，好像有一种奇妙的力量使我立住疲惫的身体，硬要目不转睛地盯着她不可。她的周围仿佛有另一个空间，而这个空间有着一种这个星球上不可能存在的强大吸引力，吸走了我的全部烦恼和疲惫，也吸走了我向前搭讪的勇气，吸得我脸颊通红。

再后来，我每天都想快点下班奔向那座桥，晚上变着法地在梦里与她相识，工作时又时常会想她今天会不会去河边，甚至会因为担心以后再也看不到她而心烦意乱。可她每天都在，就像一个物理定律，永远不会变。

我的手中总是紧紧攥着一张搭讪的便利条，直到她转身回家，我才把它塞进口袋，这也是一个物理定律，永远不会变。因为我太有自知之明了，我虽然长得还算俊俏，也用我这条灵活的舌头骗取了许多女孩的欢心，但眼前这个女子，绝非一般的女子。我坚信她一定有异于常人的强大意志，甚至她可能拥有创造空间的超能力，光凭她会让我脸红心跳，我就认定她绝不简单。

我收回刚才说物理定律永远不会变的言论，有时它也会被人推翻。是的，终于有一天，她不再出现在桥下的岸边。我前前后后找了好几遍，快把桥连根拔起了，也没看见那个杏色的大衣和她身后细长的影子。

我感觉糟透了，整夜整夜地失眠；我还是每天在桥上待到太阳落下，期待她能再次出现。其间，我意外地发现桥下原来住着一群野鸭，它们成双成对地在河边游走，身后一群小鸭子费力地跟着，黑色的小羽毛掉落在岸边，随风飘荡着。

从前我只顾着看她，竟忽视了这些可爱的家伙。等肚子饿了，我就拖着沉重的脚步回家。

我最后一次在桥上驻足时，在便利条上写下了“天使回到了上帝身边”这句话，却还是舍不得把它扔进河里。

生活依旧枯燥平淡，一天，我在桥附近的一个镇里游走，在一家杂货铺前点燃一支香烟，打量来来往往的行人……突然，我听到一阵女人的怪异笑声，急促而尖锐，那是从旁边餐馆里发出的。

店里油腻的灯光照得一个女人双颊上闪闪发亮，她眯缝着眼，望着坐在对面的另一个女人。然后仰过头去，又发出了比刚才还响的大笑，手里的花生壳滋出的水柱打湿了她玫红色的毛衣。我一眼便认出了她。

也许是我看得有点久，她的眼神落在了门外的我身上，她也许是觉得我有几分眼熟，咧开大嘴对我笑起来，我礼貌性地递过去一个微笑，转身匆匆赶往桥的方向，寒风迎面刮来，我只好把脸埋进领口，免得脸被吹破。

野鸭依旧在河边前前后后地游走，岸上还是光秃秃的老样子，只有两条绿毯向河的尽头延伸。

我把口袋里所有的便利条，连同最后一张掏出来捧在手里，不假思索地全扔进了河里，又匆匆下了桥。